Né en 1962, Antoine Choplin a étudié l'économie mathématique et exercé quelques métiers où il était conseillé de porter la cravate. Il aime les échecs, la guitare, le piano. Et la montagne, la moyenne et la haute, et tout ce qui se cache derrière et que l'on découvre une fois au sommet.

Aujourd'hui, il partage son temps entre l'écriture et l'action culturelle, à Grenoble, où il vit.

Il est notamment l'auteur du *Héron de Guernica* et de *La Nuit tombée.*

Antoine Choplin

LE HÉRON DE GUERNICA

ROMAN

Rouergue

TEXTE INTÉGRAL

ISBN 978-2-7578-4332-1
(ISBN 978-2-8126-0248-1, 1re édition)

La veille, après avoir quitté la gare, Basilio s'était aventuré au hasard, parmi les rues.

Vers le soir, fatigué, il avait franchi les grilles du jardin du Luxembourg et s'était assis sur un banc, un peu à l'écart des allées. La nuit était tombée.

Il avait fini par fermer les yeux, et sans doute avait-il dormi par instants, le coude posé sur sa valise, son carton à dessin sur les genoux.

Plus tard, dans l'incertitude des heures, il avait guetté la venue du jour en frissonnant, les avant-bras ramenés contre le torse.

Enfin, il y avait eu le chant des merles et des fauvettes juste avant le souffle balbutié de la lumière.

C'était une drôle de journée qui commençait, se disait Basilio.

Deux semaines plus tôt, il s'était rendu au couvent Santa Clara pour montrer son travail achevé au père Eusebio.

Ils s'étaient retrouvés dans le clair-obscur du réfectoire dont la plupart des vitrages avaient été brisés. Basilio avait déroulé sa peinture sur un bout de table. Le curé l'avait étudiée longuement, en variant les distances de vue. De temps en temps, il levait la tête et Basilio pouvait remarquer combien ses yeux brillaient.

Alors, avait demandé Basilio après un temps.

Le père Eusebio n'avait rien répondu. Il avait poursuivi son étude en silence, s'approchant, s'écartant, avec un regard vers Basilio de temps à autre.

Il avait demandé à garder la peinture une heure ou deux, et ne l'avait rendue à Basilio que vers midi, à la Taverne.

Dis-moi, Basilio, avait-il demandé en se faufilant à ses côtés, est-ce que tu as entendu parler de Picasso ?

Picasso ?

Oui. Un artiste peintre. Espagnol.

Non. Jamais entendu ce nom.

C'est un grand artiste, bien connu ici en Espagne et même en Europe.

Ah bon.

Il se trouve qu'on lui a passé commande pour une exposition très importante qui va se tenir bientôt à Paris. L'Exposition internationale des arts et techniques, ça s'appelle.

Basilio avait continué à tremper son pain dans son assiette de soupe, sans comprendre où le curé voulait en venir.

Eh bien, il paraît qu'il veut réaliser une œuvre sur ce qui s'est passé ici. À Guernica. C'est Felipe, mon ami journaliste qui me l'a dit.

Ah oui.

Il a choisi Guernica, tu te rends compte.

Un temps. Basilio, le pain dans la soupe.

Grâce à lui, on va parler de Guernica, en France, dans le monde entier peut-être. On va s'intéresser à ce qui s'est passé chez nous. Tu comprends ?

Oui, avait dit Basilio, je comprends.

Avec un bon sourire, le curé avait rendu sa peinture à Basilio, roulée en un large cylindre.

C'est un très beau travail.

Vraiment ? avait demandé Basilio.

Oui, avait répondu le curé. Vraiment. Et en plus, si j'osais, je dirais que ton héron me fait penser à notre Jésus. Dieu me pardonne.

Après, il s'était éloigné un court instant pour attraper une assiette de soupe.

Basilio lui avait demandé si Picasso était ici, à Guernica.

Non, je ne crois pas.

Mais, ce lundi de la semaine passée, il y était à Guernica, avait encore questionné Basilio.

Non. Il paraît qu'il a appris tout ça par les journaux.

Un temps.

Alors je comprends pas, avait dit Basilio.

Qu'est-ce que tu ne comprends pas ?

Je comprends pas comment il peut peindre sur les événements de Guernica, s'il n'y était pas quand cela s'est produit.

Les artistes peuvent faire ça, avait dit le curé. Tu ne finis pas ta soupe ?

Non.

Le père s'était incliné vers Basilio.

Bon, écoute-moi, maintenant. Est-ce que tu aimerais savoir ce qu'il a peint au sujet de Guernica, Picasso ?

Oui, bien sûr.

Est-ce que tu irais jusqu'à Paris pour voir ça ?

Il avait souri en posant la question.

Paris ?

Si on se débrouillait pour te payer le voyage.

Basilio avait plissé le front.

Et puis ça te ferait du bien de partir un temps d'ici, de voir du pays, tu ne crois pas ?

Je sais pas, avait bredouillé Basilio. Je suis jamais parti.

Et alors, avait dit le père Eusebio.

Un temps. Le brouhaha de la Taverne, les éclats de voix.

Et puis, tu pourrais emmener ta peinture avec toi. On ne sait jamais. Peut-être qu'on pourrait s'y intéresser. Peut-être que Picasso lui-même, il voudrait y jeter un coup d'œil, qu'est-ce qu'on en sait. Tu y étais, toi, à Guernica. Hein, Basilio.

Oui.

Alors, tu n'as qu'à réfléchir. Tu me diras.

Après avoir grignoté sans faim le reste de ses biscuits secs, Basilio a consulté son plan de Paris. D'un coup de crayon circulaire, le père Eusebio y avait entouré le Champ-de-Mars et le Trocadéro.

Pour le pavillon espagnol, avait dit le curé, tu n'auras qu'à te renseigner sur place, ça ne devrait pas être trop compliqué.

Les premiers rayons du soleil ont surgi dans son dos, d'entre les toits, et le chant des oiseaux est devenu assourdissant.

Basilio a quitté le banc, emboîtant le pas de deux promeneurs matinaux pour rejoindre la rue de Vaugirard.

Ce jour-là, il y aura la présentation du tableau à la presse et Picasso sera forcément là, avait assuré Felipe.

Bien sûr, il y aura les officiels et tous les discours et les gens bien mis, avait dit le père Eusebio. Mais tu comprends, on ne sait jamais comment les choses peuvent se passer.

Pourquoi tu y vas pas à Paris, toi ? avait demandé Basilio.

Parce que j'ai trop de choses à faire ici, à Guernica.

Plus tard, il avait ajouté que de surcroît, et contrairement à Basilio, lui n'était pas un artiste.

Basilio quitta la rue de Vaugirard pour le boulevard Pasteur puis l'avenue de Suffren qu'il descendit d'une démarche inégale et chaloupée. La tour Eiffel s'était mise à peser de toute sa hauteur sur le paysage et capturait incessamment son regard. Une foule de gens déambulaient déjà parmi les nombreuses installations du Champ-de-Mars.

Il rejoignit la Seine, fit quelques pas sur le pont d'Iéna avant de poser sa valise et son carton à dessins contre le parapet. Il resta là, debout, un long moment, face au soleil encore rasant à scruter le fleuve et les embarcations, les bateliers à la manœuvre.

Juste après le pont, s'ouvrait la perspective du Trocadéro bordée de part et d'autre par les pavillons étrangers.

Basilio remarqua l'attroupement qui s'était formé au bas de l'esplanade. Curieux comme à cet endroit, les gens portaient sans arrêt le regard d'un côté et de l'autre, comme les spectateurs d'une partie de tennis.

Basilio vint flâner à leur contact. Il les entendit s'émerveiller du défi que semblaient se lancer les deux édifices monumentaux qui se faisaient face, et au milieu desquels ils se tenaient. Les pavillons allemand et russe.

Basilio lui aussi, leva un instant le nez de droite et de gauche. Et puis il poursuivit sa marche, sans rien goûter de ce vertige.

Deux cents mètres plus loin, il faillit passer devant le bâtiment espagnol sans le remarquer tant, sans doute, il avait imaginé qu'il lui serait long et délicat de le dénicher.

De plus, il avait imaginé une construction flamboyante et élancée ; et il découvrait une architecture plutôt sobre, sur trois niveaux, dont l'élégance discrète tenait surtout à la nature des matériaux, principalement du verre agrémenté de fresques stylisées, l'une représentant la carte géographique de l'Espagne.

Il hésita avant de gravir le perron encore désert.

En haut des marches, un panonceau indiquait en plusieurs langues que le pavillon ouvrait ses portes à midi.

Il se colla le front aux baies vitrées. Regarda les gens qui s'affairaient à l'intérieur.

Après un temps, il redescendit et s'installa aussi confortablement que possible sur les premières marches du perron. Il lui restait deux bonnes heures à patienter.

Monsieur, s'il vous plaît.

Basilio sursauta. Une jeune femme en robe longue était penchée sur lui.

Vous parlez français ? demanda-t-elle aimablement.

Basilio écarquilla les yeux et la jeune femme se mit à lui parler en espagnol.

Je vais vous prier de dégager cet endroit. Nous allons bientôt ouvrir les portes du pavillon.

Je crois que je me suis endormi.

La femme sourit. Basilio se passa la main dans les cheveux, attrapa son carton à dessins qui avait glissé en bas des marches.

Depuis quelque temps, j'arrive plus à dormir au moment où il faudrait.

Il se releva, tapota l'arrière de son pantalon de ses deux mains pour l'épousseter.

Quelle heure est-il ? demanda Basilio.

Onze heures trente.

Un temps.

Je vous remercie, fit la femme en remontant de quelques marches sans quitter Basilio des yeux.

Un peu plus, et je ratais l'ouverture, il dit à voix basse.

Et puis rattrapant la femme, sa valise à la main et son carton à dessins sous le bras : C'est que j'ai beaucoup voyagé pour voir ça.

Ah oui, dit la femme.

Cette fois, elle s'était détournée et avait accéléré sa remontée du perron.

Très bien, très bien, elle dit encore. Alors, peut-être nous croiserons-nous encore tout à l'heure.

Parce que vous travaillez ici, c'est ça, continua Basilio en grimpant les dernières marches juste derrière la femme.

Oui, c'est cela.

Ah, c'est une chance. Du coup, vous savez sûrement à quelle heure monsieur Picasso sera là.

La femme s'arrêta et fit volte-face. Les traits de son visage trahissaient un peu d'agacement.

Pablo Picasso est attendu pour l'inauguration officielle, elle dit. À quinze heures.

Ah bon, fit Basilio. C'est parfait. Vous comprenez, j'aimerais pouvoir lui dire un mot ou deux.

Le visage de la femme hésita puis se détendit. Dans un petit rire attendri, elle dit que Picasso serait sûrement très accaparé par la presse et les officiels.

Oui, c'est bien normal, dit Basilio et je voudrais pas l'ennuyer. Je lui dirai seulement ça, que je viens de Guernica pour voir sa peinture. C'est bien ça qui est exposé ici, sa peinture sur Guernica ?

Oui.

Bon, alors voilà, je lui dirai ça. Et aussi que j'étais là-bas au moment des bombardements. Alors après, c'est comme dit le père Eusebio. On sait pas comment ça peut se passer, vous voyez.

Elle lui faisait face. Elle le parcourut d'un regard bienveillant, de haut en bas, puis de bas en haut.

Oui, en effet. Vous avez raison, on ne sait jamais.

C'est ce qu'il dit, le père Eusebio. Surtout qu'en plus, j'ai quelque chose à lui montrer à monsieur Picasso.

Et de l'index, il tapota son carton à dessins.

Ah, fit la femme.

Vous voulez jeter un coup d'œil ? demanda Basilio.

C'est-à-dire que, bredouilla la femme. Ç'aurait été avec plaisir, mais je n'ai guère le temps. Nous ouvrons le pavillon dans quelques minutes et.

Tandis qu'elle parlait, Basilio a dénoué les ficelles et a entrouvert son carton, en le maniant comme un grand livre précieux. Il s'est approché de la femme, jusqu'à lui toucher l'épaule. Les deux têtes se sont penchées l'une vers l'autre, les regards ont plongé dans le carton.

Un temps.

C'est vous qui l'avez peint ? questionna la femme en se redressant.

Oui.

Elle le fixa un instant, lui n'avait pas levé le nez du carton. À nouveau, elle regarda la peinture, son front s'approchant de celui de Basilio.

Et cet animal, demanda la femme, qu'est-ce que c'est ?

C'est un héron. Un héron cendré.

Après un temps de silence, Basilio a refermé doucement le carton à dessins.

Pardonnez-moi, mais je préfère ne pas regarder ça trop longtemps, a dit Basilio. Des fois, ça me colle la sueur aux tempes et ça m'empêche de bien respirer.

La femme a fait un léger signe de tête comme si elle comprenait ce qu'il voulait dire. Après, elle lui a serré le bras et s'est excusée, il faut vraiment que j'y aille maintenant. Et elle est partie d'un coup.

Alors seulement, Basilio s'est rendu compte que le perron s'était peuplé de quelques dizaines de visiteurs qui attendaient en bavardant l'ouverture des portes.

À midi pile, la petite foule amassée sur le perron a commencé à s'engouffrer dans le vaste hall du pavillon espagnol. Au beau milieu, Basilio a progressé comme il a pu, avec sa valise et son carton à dessins.

À l'intérieur, les visiteurs se répartissaient en trois files d'attente, progressant vers un large comptoir et leurs hôtesses. L'une d'elles était la femme à la robe longue. Basilio se mit dans la file qui menait à elle.

Après quelques minutes, il atteignit le comptoir. La femme et lui se retrouvèrent face à face.

Cette fois, vous voilà bien réveillé, elle dit en souriant.

Basilio ne sut pas quoi dire en retour.

Il se mit à fouiller dans sa poche pour attraper de quoi payer son billet d'entrée mais la femme l'arrêta d'un geste de la main.

Si vous permettez, je suis heureuse de vous remettre une invitation pour la journée.

Et elle lui tendit un ticket.

Et si vous voulez, vous pourrez laisser votre valise au vestiaire, juste derrière.

Merci, dit Basilio. Mais enfin, pour l'invitation, je.

Elle posa ses deux mains sur la banque comme si elle voulait lui attraper les siennes.

Le tableau de Picasso se trouve au premier étage, elle dit. Vous verrez, c'est indiqué. Vous pourrez voir aussi quelques-unes des esquisses qui ont précédé la réalisation de l'œuvre.

Basilio hocha la tête plusieurs fois en regardant la femme et en s'écartant doucement du comptoir.

Il déposa sa valise au vestiaire comme elle avait dit, mais garda sous le bras son carton à dessins.

Puis, sans prendre le temps même d'un regard à la volée sur le foisonnement des installations du rez-de-chaussée, il emprunta les escaliers et se dirigea, trottinant presque, vers la salle réservée à *Guernica*.

Le bal

Basilio franchit le pont de Renteria, puis la voie de chemin de fer. Il s'engage sur les petits pavés de la Calle Don Tello.

Il vient de parcourir plus de cinq kilomètres depuis la ferme, avec le cochon récalcitrant au bout de la corde et le gros sac de haricots sur l'épaule.

Il s'arrête une fois encore pour souffler un peu. Pose le sac, s'éponge le front d'un revers de manche.

Allez mon vieux, on y est presque, il dit à l'attention du cochon qui en tirant sur la corde, continue à décrire de petites trajectoires nerveuses et désordonnées.

Maria ! Maria ! appelle-t-il dès qu'il a dépassé le porche.

Il accroche la corde à un anneau métallique scellé dans le mur de la cour.

Maria !

Maria apparaît. Elle est en blouse de travail, visiblement sur le point de partir.

Que se passe-t-il ?

Regarde ça Maria, fait Basilio en désignant le cochon qui continue à s'agiter en tous sens.

Maria l'interroge du regard.

C'est le vieux Julian qui me l'a donné pour mon travail là-bas, à la ferme.

Il fixe Maria avec un sourire plein de fierté.

Et c'est pas tout. Il m'a donné ça aussi, et il montre le sac de haricots.

Eh bien ! fait Maria. Je suis contente pour toi, Basilio.

Ils restent un instant silencieux.

Et alors quoi, tu vas les vendre au marché demain, elle demande.

Oui. J'en tirerai un bon prix.

Bien, dit Maria.

Vraiment un bon prix, répète Basilio.

Un temps.

Et moi, tu sais ce que je ferais à ta place, dit Maria.

Dis.

J'irais montrer ça à ton oncle Augusto. Le cochon et aussi le sac de haricots. Ça lui fera plaisir.

Tu crois ?

Sûre.

Mais c'est dimanche et j'aimerais aussi aller au bal de la Place.

Tu pourras faire les deux. Il n'est encore que deux heures. Mais d'abord, tu devrais aller te débarbouiller, on dirait que tu as eu bien chaud. Moi j'ai du travail au couvent. Il y a eu une attaque aérienne ce matin, vers Marquina.

Elle tapote affectueusement l'épaule de Basilio avant de s'éloigner.

Maria est infirmière et tous ces temps, elle travaille au couvent des Carmélites qui a été réquisitionné comme hôpital militaire. Il lui arrive d'y passer plusieurs jours d'affilée, nuits comprises, et ces fois-là, quand elle rentre, elle reste longtemps sans parler et

Basilio lui trouve la peau du visage toute grise et les yeux très enfoncés dans les orbites.

Lui, Basilio, il habite chez elle, une chambre assez spacieuse et plutôt bien éclairée dans laquelle il aime dessiner et peindre, ou simplement rêvasser. Il verse un loyer chaque mois, et quand il n'a pas de quoi payer, c'est l'oncle Augusto qui doit s'en charger et ça ne se passe pas sans mal. Pour la nourriture, il se débrouille comme il peut, surtout avec les produits de la ferme du vieux Julian, là où il donne la main presque chaque jour.

Basilio s'approche du puits de la cour. Il enlève sa chemise, puis remonte un seau plein d'eau, s'asperge la poitrine et le visage.

Après il fait quelques pas vers le cochon, le seau à la main.

Allez, viens là, mon pépère.

Et en riant, il renverse sur lui le reste de l'eau.

Depuis sa mauvaise chute du début de l'hiver, Augusto Ellere est pensionnaire de la résidence Calzada. Il y séjourne en compagnie d'une vingtaine de vieillards malades ou impotents, ce qui a pour effet de le mettre en rogne.

Dis-moi un peu, répète-t-il souvent à Basilio, ce que je peux bien foutre ici, au beau milieu de cette satanée cour des miracles !

Basilio se dit qu'en vérité, Augusto aurait bien du mal à se débrouiller par lui-même, vu qu'il ne réussit même pas à se lever tout seul de son lit.

En pénétrant dans l'immeuble, Basilio resserre l'étreinte de la corde sur le cochon. Il parcourt ainsi le grand couloir du rez-de-chaussée, dans une quasi-obscurité, avec l'animal dans les jambes et qui à plusieurs reprises, manque de le faire trébucher. Heureusement, il ne croise personne. Il se félicite d'avoir renoncé à emporter le sac de haricots. Il n'a fait qu'en mettre une poignée dans sa poche, histoire de les montrer à Augusto.

Il frappe à sa porte.

C'est qui ?

C'est moi, Basilio.

Entre.

Basilio entrouvre la porte et reste immobile à l'entrée, avec le cliquetis des pattes du cochon sur le sol dallé.

Entre, je te dis.

Augusto est assis à sa table, le buste incliné au-dessus d'un jeu d'échecs qu'il ne quitte pas des yeux.

C'est que, vu ce que j'amène avec moi, je préfère rester là où je suis, dit Basilio.

Qu'est-ce que tu racontes, marmonne Augusto en se retournant vers Basilio et le cochon.

Voilà, c'est ça que je te raconte, mon oncle, fait Basilio en souriant.

Qu'est-ce que c'est que cette couillonnade, s'exclame Augusto.

C'est pas une couillonnade, dit Basilio. C'est le vieux Julian qui m'a donné ça ce matin, pour mon travail à la ferme.

Augusto, les yeux tout ronds.

Et ça non plus, c'est pas une couillonnade, continue Basilio en fouillant dans sa poche et en y attrapant une bonne poignée de haricots qu'il présente à Augusto. Il m'en a donné un sac entier.

La moue au visage d'Augusto dont le regard passe plusieurs fois des haricots au cochon.

Basilio parle de vendre tout ça au marché du lendemain, et d'en tirer un bon prix.

Faudra voir, grommelle Augusto en se remettant à sa partie d'échecs. En attendant, fais attention à ce que ton cochon me foute pas de la merde partout.

Je vais pas rester, de toute façon. Je suis juste venu pour te montrer un peu.

Tu peux rester, si tu veux. C'est pas ce que je voulais dire.

Un temps.

T'as qu'à l'attacher bien court dans le couloir et puis fermer la porte.

Basilio fait ce que lui dit Augusto. Après, il s'approche un peu de la table, s'adosse au mur.

Et la jambe, ça va comment aujourd'hui ? il demande.

Augusto ne répond rien. Il semble avoir oublié la présence de Basilio. Il se concentre sur le jeu, exécute quelques mouvements de pièces sur l'échiquier, réévalue la position.

Alors comme ça, il dit soudain, même ce vieux grigou de Julian se met à payer ses gens. Si je m'attendais.

Il bouge une tour, hésite, la remet à sa place initiale.

Et sortir le fou en g5, propose Basilio.

Oui, oui, dit Augusto. Laisse faire. De toute façon, j'y avais déjà pensé.

Tous les deux étudient l'échiquier.

Enfin, en tout cas, reprend Augusto, c'est sûr que je préfère te voir comme ça, avec ton cochon, si tu vois ce que je veux dire.

Un temps. Augusto met le fou en g5.

Parce que quand je pense à ce lieutenant et à sa troupe de bons à rien qu'ont même pas voulu te prendre avec eux. Merde alors. Je sais vraiment pas comment t'as fait ton compte. Tu leur as dit pourtant que t'étais prêt à te battre, hein que tu leur as dit.

Oui, fait Basilio. Je leur ai dit. Que j'étais prêt à défendre la ville, si jamais. Et aussi que j'emmerdais les nationalistes.

Voilà, et malgré ça, ils ont pas voulu de toi. Tu te rends compte.

Il n'y a qu'une seule défense possible, dit Basilio.

Quoi ?

Il n'y a qu'une défense pour les noirs. C'est cavalier f4. Si tu prends le fou, cavalier b2 gagne la dame.

Augusto hoche la tête. Après un moment, il joue cavalier f4.

Moi, ce que je crois, c'est qu'à ce rythme-là, on va être obligé de quitter Guernica pour Bilbao avant la fin de la semaine. Voilà ce que je crois.

Augusto se désintéresse soudain du jeu, fait glisser sa chaise au sol en prenant appui sur la table, s'approche de la fenêtre. Il en ouvre les deux battants.

Un peu d'air, il dit. Tu sens ça, Basilio ?

Basilio fait deux ou trois pas pour se tenir presque contre le dos d'Augusto.

C'est le vent du nord. Ça nous arrive tout droit de la mer. Ça va nous ramener les mouettes.

C'est Rafael qui va être content, dit Basilio.

Le petit à Julian ?

Oui. Je le vois souvent vers le pont en train de chasser les mouettes. Après, il les plume et il arrive bien à les vendre.

Augusto se retourne avec peine vers Basilio.

Tu sais, ce bon air, ça me donne envie de sortir de ce trou. Tiens, regarde un peu ça.

Il entreprend de se lever de sa chaise. En grimaçant, il se met lentement debout, une main en appui sur le mur.

T'as vu ça, mon garçon. Et attends encore une minute.

Il lâche le mur, fait quelques pas en direction de la porte.

Et alors, il dit.

Tu as fait de drôles de progrès, dit Basilio.

Il ouvre la porte, passe la tête dans le couloir.

Et toi mon cochon, prends garde à toi. Le vieil Augustino est encore vaillant.

Après, il revient vers la fenêtre grande ouverte. Il respire profondément, deux ou trois fois.

Regarde, on peut déjà les voir les mouettes, au-dessus du clocher de San Juan.

Quand je vais dire ça à Rafael.

Augustino s'assoit doucement sur le bord de son lit.

Demain, si tu veux, il dit, tu pourrais venir me chercher avec la carriole du vieux Julian, quand vous serez installés pour le marché. Comme ça, je pourrais sortir un peu. Et pour ce qui est de vendre ton cochon, on pourrait se faire ça tous les deux.

Et aussi, les haricots.

Oui, les haricots aussi.

Il est presque cinq heures quand Basilio rejoint la Plaza las Escuelas pour le bal, coiffé et plutôt bien mis dans la chemise blanche que Maria lui a prêtée.

Je la tiens de mon frère, tu en prendras soin, lui a-t-elle dit. C'était un bon danseur, mon frère, tu sais.

Il est encore tôt et il n'y a pas grand monde sur la place. Pour l'essentiel, des badauds qui marquent un instant le pas devant l'orchestre municipal avant de continuer leur chemin. Sous le kiosque, en plaisantant, les musiciens procèdent aux derniers réglages, pupitre par pupitre, les flûtes, les cuivres, les percussions.

Basilio scrute de tous côtés, à la recherche de Celestina. Il fait plusieurs fois le tour du kiosque.

Le dimanche précédent, elle a quitté le bal de bonne heure en compagnie de deux hommes jeunes et rigolards. En partant, elle a demandé à Basilio s'il reviendrait la semaine suivante. Et comme il s'est mis à bafouiller, elle s'est éloignée sans entendre sa réponse, entraînée par les deux gars.

Afin de s'offrir une bonne vue sur toute la place, Basilio s'est perché sur un petit muret en bordure d'un massif de fleurs.

Juste derrière lui, la troupe de soldats surgit de la ruelle. Ils sont une trentaine, uniformes salis, visages sombres.

Halte-là, dit un des soldats qui doit être le chef. On va attendre le lieutenant ici.

Les soldats fatigués s'assoient là où ils peuvent, sur des bancs ou au sol. Quatre ou cinq choisissent le muret, juste à côté de Basilio qui se dresse toujours dessus, en équilibre. Un des soldats le regarde un instant et ses yeux sont comme vides.

Le lieutenant arrive à son tour et Basilio le reconnaît. C'est lui qu'il a rencontré quelques jours auparavant et qui n'a pas voulu l'engager dans la troupe de Guernica.

Garde-à-vous, il hurle.

Les soldats se relèvent, certains avec peine, et se mettent au garde-à-vous. Ils sont alignés sur trois rangs juste devant Basilio. Grâce au muret, il les dépasse tous d'un bon mètre et le lieutenant qui leur fait face fait aussi face à Basilio.

Le lieutenant se met à parler durement, de leur attitude inadmissible, de ce laisser-aller, de la honte qu'ils devraient éprouver s'ils étaient vraiment des hommes avec leur lot de dignité. Après chaque phrase, il s'arrête de longues secondes en dévisageant les soldats, l'un après l'autre. Et malgré les sons rendus par l'orchestre qui continue à répéter sous le kiosque, c'est comme si pesaient de lourds moments de silence.

Basilio pense à ce que dit Augusto au sujet de l'armée républicaine, des bons à rien et des bras cassés.

Pour cette nuit, dit encore le lieutenant, vous bivouaquerez dans le champ qui se trouve derrière le cimetière. Nous allons trouver quelqu'un pour vous y conduire.

Le lieutenant a effectué un tour sur lui-même, et fait à nouveau face à la troupe.

Hé, jeune homme ! il appelle en regardant vers Basilio.

Basilio écarquille les yeux. Les soldats se retournent vers lui. Le lieutenant contourne les rangs pour s'approcher de Basilio.

Tu habites ici, à Guernica ? demande-t-il.

Oui.

Le lieutenant s'immobilise.

Mais il me semble que nous nous connaissons.

Basilio hoche la tête.

Le peintre de hérons, dit le lieutenant. Ah pardon. Cendrés. De hérons cendrés.

C'est ça, dit Basilio. Alors vous vous souvenez de ça.

Si je m'en souviens.

Un temps.

Bon, eh bien, dit le lieutenant en grimaçant. Après tout. Sans doute sais-tu où se trouve le cimetière de la ville ?

Oui. C'est en prenant la direction des grottes de Santimamine, à deux ou trois kilomètres.

Très bien. Est-ce que tu pourrais y conduire ces hommes ?

Euh, oui, bien sûr, dit Basilio en sautant du muret. C'est juste que si je pouvais revenir à temps pour le bal, il ajoute à voix plus basse.

Le lieutenant le dévisage avec sévérité.

Tu as juste à les conduire là-bas. Après, tu pourras revenir danser la polka autant qu'il te plaira. Allez, en route.

Le lieutenant se détourne puis s'éloigne d'un pas vif.

C'est par ici, dit Basilio en désignant l'autre côté de la place.

Ainsi, à l'avant d'une trentaine de soldats aux démarches lasses, Basilio traverse la grande place de Guernica. Alors qu'il contourne le kiosque, il sent bien que le regard des gens abandonne un instant l'orchestre pour se consacrer à eux, la petite troupe et lui, Basilio, leur guide.

Oh là, ma parole, mais c'est Basilio ! Il a pris du galon, on dirait.

La voix est moqueuse, Basilio la reconnaît. Il se retourne, aperçoit Javier, le plus grand des fils Rodriguez. Avec lui, il y a Celestina et aussi un des deux gars avec qui il l'a vue partir la semaine précédente, au soir du bal.

Hé, Basilio ! lance joyeusement Celestina.

Basilio lui fait un petit signe de la main.

Qu'est-ce que tu fais ? elle demande.

Le gars à côté d'elle continue à marcher, ignorant Basilio.

Le lieutenant m'a demandé d'accompagner ces soldats, dit Basilio. Ils vont camper vers le cimetière. Alors voilà, c'est ce que je fais, je les accompagne.

Alors, tu viens pas au bal, elle demande.

Si. Après, quand j'aurai fini ça, je viendrai.

On y est presque, dit Basilio avec enthousiasme. Ce sera après ce virage qu'on aperçoit là-bas, en lisière de bois.

Les soldats marchent derrière lui sur les deux bords de la route, en ordre dispersé. Certains sont vraiment à la traîne, assez loin, et Basilio propose de les attendre.

Et puis quoi encore, dit le chef sans infléchir le pas, le regard droit devant et prenant même quelques mètres d'avance.

Un peu embarrassé, Basilio reprend en trottinant sa place de guide, avec, de temps à autre, quelques discrets coups d'œil vers l'arrière quand même, l'air de rien, pour ne pas perdre les retardataires de vue.

Après le virage, on quitte la route pour un large chemin qui en deux cents mètres à peine mène au cimetière. Sans rien dire, Basilio désigne aux soldats les plus proches le mur qui s'élève droit devant.

Pas trop tôt, dit l'un d'eux.

Ils longent l'enclos du cimetière.

Juste au-delà, s'étend un vaste champ. Basilio marque le pas. Le chef scrute les alentours.

On va camper là-bas, il dit, autour de la cabane. Allez.

Et en levant exagérément les pieds, il progresse dans l'herbe haute jusqu'au petit abri en planches posé là, au beau milieu du champ. Un à un, les gars le rejoignent, laissent tomber leur barda au sol et s'assoient dessus. Certains détachent la gourde qui pend à leur ceinture et boivent un coup.

Basilio s'approche à son tour de la cabane.

Après un moment, le chef se met à compter les gars. Il s'y reprend à plusieurs fois.

Il nous en manque deux, il fait. Qu'est-ce qu'ils foutent.

C'est Pastor, dit un soldat. Son pansement, ça veut pas tenir et ça lui fait mal. Il s'arrête tous les dix pas. Bareno est resté avec lui. Je crois qu'ils étaient loin.

Et puis merde, dit le chef.

Je vais retourner à la route, voir un peu, dit Basilio.

Le chef regarde Basilio sans rien dire. Il finit par hocher la tête.

Après avoir passé le virage dans l'autre sens, Basilio aperçoit les deux soldats au loin. L'un semble avoir pris appui sur l'autre. Leur progression est très lente. Basilio marche à leur rencontre. Lorsqu'il arrive près d'eux, l'un des soldats lui demande où se trouve son foutu cimetière.

Basilio le lui explique, parle du champ avec la cabane.

On n'est pas rendus, continue le soldat en grimaçant.

Il a passé un bras sur les épaules du second soldat et Basilio remarque son pantalon maculé de sang vers le genou.

Peut-être que je pourrais prendre votre barda, propose Basilio.

C'est sûr, ce serait déjà ça, fait le second soldat.

Ça me soignera pas le genou, fait le soldat blessé.

Allez, donne-lui le barda, insiste l'autre gars.

Il laisse glisser les bretelles de ses épaules et Basilio se charge du barda du soldat. Ils se remettent en route. À chaque appui, le soldat blessé laisse échapper un court gémissement. De temps en temps, il gueule aussi un bon coup.

Après une nouvelle pause, Basilio suggère au second soldat qu'après tout, on pourrait aussi bien le porter à deux.

Les deux soldats se regardent et le second dit qu'en effet, on pourrait essayer.

Le soldat blessé passe son bras droit sur l'épaule de Basilio. Et ils repartent tous les trois ensemble, d'une drôle de démarche solidaire, d'abord maladroite, et puis rapidement mieux coordonnée. En se laissant ainsi porter, le soldat blessé n'effleure plus qu'à peine le sol.

Près de la cabane du champ, les soldats ont allumé un feu et font bouillir de l'eau.

Quand Basilio et les deux soldats arrivent, un autre leur dit qu'ils vont pouvoir bientôt avoir du café avec du pain. Le chef les regarde sans rien dire. En grognant et avec l'aide du second soldat, le blessé s'assoit dans l'herbe. Un long moment, Basilio reste debout à côté de lui, avec le barda sur le dos.

Tu me rendras mon barda, dit le soldat blessé.

Ah oui, bien sûr.

En glissant de son dos, une boucle métallique du sac accroche la chemise de Basilio. On entend le long craquement du tissu qui se déchire. Quelques regards se tournent vers lui.

Faut dire que c'est vraiment pas une tenue pour porter des bardas, dit un soldat assis un peu plus loin.

Basilio se passe la main à l'aveugle, vers l'omoplate. Palpe la trouée, et à travers elle, la peau nue de son dos.

Aïe, fait Basilio.

En plus, la chemise porte à l'épaule des traces de sang mêlées à de larges marques noirâtres, laissées sans doute par la main du soldat blessé.

T'auras plus qu'à changer de chemise avant de retrouver ta chérie, dit le second soldat.

Basilio plisse le front.

Allez, prends du café.

Un jeune soldat lui tend un quart de café noir. Basilio le boit par petites gorgées rapides, sans cesser de regarder sa chemise, vers l'épaule.

Bon, alors soldat Pastor, quelles nouvelles ? demande soudain le chef qui s'est approché en bousculant un peu Basilio.

Pas terrible, chef, répond Pastor.

Allez, on va te nettoyer tout ça, comme il faut. Demain, je te garantis que tu sauteras à pieds joints. Infirmier Gandurran, au boulot mon vieux.

Oui, chef.

Le chef tourne sur lui-même, se retrouve face à Basilio.

Toujours là, le joli cœur ?

Basilio ne répond pas.

Pas besoin qu'on le ramène en ville, au moins ?

Non, dit Basilio.

Le chef le dévisage un moment. Son visage se détend.

Et alors, qu'est-ce qu'on en dit, du jus de l'armée républicaine ? il demande.

Basilio regarde le fond du quart.

Bon, il a perdu sa langue, on dirait.

J'en dis qu'il est pas très bon, dit enfin Basilio d'une voix douce. Mais ça m'empêche pas d'emmerder les nationalistes.

Basilio est revenu vers la ville au pas de course mais au moment de gravir les marches qui mènent à la Plaza las Escuelas, il s'arrête d'un coup.

Encore une fois, il palpe la déchirure de la chemise, inspecte les traces de salissure. Il hésite à faire le détour par chez lui pour enfiler un habit propre. Sa tenue n'est guère présentable, mais il y a cette fierté qu'elle lui procure en gardant apparents les stigmates de son expédition avec les soldats ; le tissu ouvert sur son omoplate nue, les marques rouges laissées par le bras qui s'est appuyé sur lui. D'un autre côté, il est gêné à l'idée de susciter une admiration imméritée, pour ce qui n'est après tout qu'un simple accroc d'étoffe.

Mais voilà que juste au-dessus, la musique reprend de plus belle et il se sent happé par la clameur joyeuse des danseurs. Il grimpe les marches. Tant pis pour la chemise.

D'emblée, Basilio s'en fait la remarque : il y a moins de monde que les autres dimanches. En dehors de l'espace situé juste devant le kiosque et réservé aux danseurs, on peut partout circuler aisément, sans se faire bousculer, et certains bancs du pourtour de la place demeurent inoccupés.

Il reste un instant immobile, attentif au son puissant des cuivres et au rythme des percussions.

Puis il fait quelques pas hasardeux vers les danseurs ; son regard, désormais habitué à la pénombre, vole d'un visage à l'autre. Après un temps, il contourne le kiosque sans cesser de scruter les gens.

Il fait ainsi plusieurs fois le tour de la place.

Une main posée sur son épaule, du côté de la déchirure de la chemise.

T'as passé des barbelés pour venir ?

Ah c'est toi, Ramiro.

Ramiro, un petit cousin de Celestina qui se déplace toujours en courant et qui s'intéresse surtout au football. Ils se serrent la main.

Non, c'est pas des barbelés.

Ils regardent tous les deux vers les musiciens qui commencent un nouveau morceau.

On a encore gagné aujourd'hui, dit Ramiro. Trois à zéro, on a gagné. T'aurais dû voir ça.

Tant mieux, fait Basilio. T'as marqué un but ?

Non. Pas un. Deux, j'en ai marqué. Avec une tête en plein dans la lucarne.

Ah, c'est drôlement bien.

Un temps.

Et sinon, t'aurais pas vu Celestina dans le coin ? demande Basilio.

Si, tout à l'heure, elle était là. Je l'ai vue partir. Avec Javier Rodriguez. Mais t'aurais vu ces buts.

Je viendrai dimanche prochain. Je te promets.

Moi, je sais pas si je serai encore à Guernica, dimanche prochain.

Ah oui ?

C'est à cause des Maures, mon père pense qu'il vont bientôt débouler ici, à Guernica.

Basilio plisse le front.

Il dit qu'ils se battent du côté des nationalistes mais qu'en plus ils font des trucs horribles comme violer les femmes et aussi les enfants. Parfois, ils les torturent en plus. Tu savais ça ?

Non.

C'est ce que dit mon père. Alors, il veut nous envoyer à Bilbao, avec ma mère et mes sœurs.

Et Ramiro fait une sorte de moue, lève un peu les bras, les laisse retomber sur le haut des cuisses et comme Basilio reste silencieux, il s'éloigne soudain en faisant quelques bonds au rythme de la musique avant de se mettre à trottiner vers le haut de la place.

À son tour et sans conviction, Basilio se met en marche dans la même direction. Une déambulation plutôt, d'abord lente et incertaine, le regard fixe.

Puis il oblique à gauche et se rapproche ainsi du grand tilleul qui se dresse un peu à l'écart. Aux heures chaudes de la journée, son feuillage opulent procure un peu d'ombre et parfois même une bonne fraîcheur. Il effectue deux fois le tour du tronc. Prend son élan, saute et attrape une grosse branche horizontale. Avec aisance, il glisse ses pieds entre ses bras et se rétablit. Il grimpe deux ou trois mètres encore, s'assied avec précaution, dos calé contre le tronc.

Il aime cet endroit Basilio, un peu en hauteur, avec une bonne vue sur toute la place et les guirlandes colorées du bal, déjà à l'abri des regards dans les premières épaisseurs de la ramure. Ces derniers temps, depuis la fin de l'hiver, il est plusieurs fois venu s'y installer, tranquille, à l'écart autant qu'au beau milieu des gens, et de tous les bruits de la petite ville.

Il reconnaît l'homme d'âge mûr qui vient d'épousseter le banc avec son mouchoir avant de s'y asseoir. C'est Fernando Bolin, l'encadreur de tableaux. Il est impeccable dans son costume clair et avec son chapeau à larges bords. Ses deux mains se chevauchent sur le pommeau de sa canne qu'il a plantée entre ses genoux. Il s'est installé sur son banc habituel, à une vingtaine de mètres du kiosque et des musiciens qu'il ne regarde jamais.

À qui s'approche de lui, il ne tarde jamais à parler de cette femme qu'il a connue un soir de 1909 et avec qui il a dansé toute la nuit, ici même sur la Plaza las Escuelas et qui un jour ou l'autre, c'est sûr, finira par revenir comme elle le lui a juré.

Une fois que Basilio s'était arrêté devant sa boutique de la Goyencalle pour regarder les tableaux quelques mois plus tôt, Bolin était sorti à sa rencontre.

C'est bien toi, Basilio, n'est-ce pas ? avait-il demandé.

Oui.

On m'a dit que tu avais un fameux coup de pinceau.

Ah.

Tu me montreras ça un jour.

Si vous voulez.

Moi, je suis juste encadreur, avait expliqué Bolin. Et faut pas croire, c'est déjà un drôle de métier. Soit dit sans prétention. Et attention, c'est pas que j'ai pas le coup d'œil question peinture. Mais bon, chacun son affaire, pas vrai. Moi, faire l'artiste, je crois que je suis pas bien capable. Mais pour ce qui est de l'encadrement, ça oui, c'est mon truc. Alors voilà, on sait jamais, si tu veux me montrer.

Mais Basilio n'a jamais osé montrer ses peintures à Fernando Bolin. Il se dit que peut-être, un de ces jours.

Un couple âgé effectue un léger détour pour venir saluer Bolin sur son banc et comme à l'accoutumée, celui-ci, soudain volubile, profite de l'aubaine.

Vers neuf heures, comme à chaque fois, l'orchestre se met à jouer plus fort, des musiques plus rythmées portées par la virtuosité des flûtes et le fracas des *txalapartas*. La fête bat son plein, les danseurs tournoient en tapant des mains, seuls ou en duo. Dans quelques instants, il y aura pour chaque pupitre les morceaux de bravoure en guise d'apothéose. Et puis après, déjà, un pot-pourri d'airs doucereux pour conclure et disperser la foule.

Basilio aperçoit Celestina. Elle sort d'une ruelle, seule, et marche en direction du kiosque. Dans un instant, elle va passer à proximité du tilleul. Basilio attend qu'elle soit presque en dessous pour sauter au sol. Elle sursaute en portant la main à sa poitrine. Basilio frotte ses mains l'une contre l'autre. Elle rit. Elle porte un béret qui lui tombe sur la joue droite.

Tu m'as fait peur, elle dit.

Ah, je te demande pardon. C'était juste pour rigoler.

T'es fou de sauter de si haut.

C'est pas difficile.

Regarde ça, t'as déchiré ta chemise.

À cause de la musique, tous les deux parlent fort, et chaque fois qu'ils disent quelque chose, ils s'approchent un peu du visage de l'autre pour mieux se faire entendre. Basilio porte la main à son épaule.

Non, ça c'est autre chose.

T'es blessé ?

Non. Pas du tout blessé. Ça s'est passé avant, quand j'ai accompagné les soldats au cimetière.

Tu saignes. Fais voir.

Elle s'approche, écarte le tissu, touche la peau avec douceur.

Ça te fait mal ? elle demande.

Non. J'ai rien du tout. Le rouge, c'est le sang d'un autre gars qui s'est appuyé un peu pour marcher.

Alors tu les as emmenés là-bas.

Oui. Je leur ai montré où c'était. Et puis après, je suis revenu là et on m'a dit que t'étais partie avec Javier Rodriguez. C'est Ramiro qui me l'a dit.

Elle recule d'un pas.

Tu viens, on marche un peu, elle dit.

Ils avancent vers les danseurs, s'arrêtent un instant, regardent les prouesses des musiciens. Souvent, Celestina se retourne vers Basilio en souriant. Et puis elle réajuste son béret et ils se remettent à marcher tranquillement.

Tu sais, au sujet de Javier Rodriguez, c'est pas ce que tu crois, elle dit.

Je crois rien, fait Basilio.

Tu vois, je suis revenue.

Et pourquoi ça ?

Comme ça, pour voir un peu.

Ils passent devant un banc vide.

Tu veux t'asseoir ? elle demande.

Je préfère marcher, dit Basilio. Et toi ?

C'est comme tu veux toi.

Ils continuent à marcher. Lorsqu'ils atteignent les ruelles qui mènent à la place, ils ralentissent le pas comme s'ils hésitaient à les emprunter pour s'éloigner un peu. Et ils finissent par les traverser, l'une puis l'autre, restant ainsi sur le pourtour de la place.

Tu sais Basilio, peut-être que tu voudras pas me croire, mais ce qui s'est passé au pont l'autre fois, ça m'a rendue malheureuse.

La fois où vous êtes tous venus ?

Oui, cette fois-là. J'ai eu honte.

C'était pas si grave.

J'ai eu honte de moi, surtout. J'ai pas été fichue de dire quelque chose. Même pas essayé de les faire taire.

C'était sûrement pas facile à faire.

J'aurais dû essayer.

Maintenant, dit Basilio, j'espère seulement qu'ils reviendront pas. Parce que c'est déjà difficile de peindre un héron quand on est bien tranquilles tous les deux, rien que lui et moi.

Ils se retrouvent en haut de la place, près du tilleul.

Je crois qu'on a fait un tour complet, dit Celestina en souriant.

Tu veux qu'on monte dans l'arbre ?

J'ai peur de pas y arriver.

Je peux t'aider, si tu veux.

Une autre fois, on verra.

Ils sont immobiles sous les branches du tilleul.

Et tu continues à le peindre, le héron du pont ?

Oui, celui-là et aussi d'autres, des fois. Ça dépend, j'ai plusieurs coins à hérons, sur les rives de la Mundaca. Mais celui du pont, je le retrouve presque chaque fois, en ce moment. J'ai l'impression qu'on commence à bien se connaître.

T'en as peint beaucoup, des hérons ?

Plus de cent.

J'aimerais bien que tu me les montres un jour.

Je sais pas.

Tu voudrais pas me les montrer ?

Je sais pas. Quelques-uns peut-être, dans les derniers que j'ai faits.

La musique s'arrête et il y a une longue salve d'applaudissements. Les musiciens se lèvent et s'inclinent ensemble à plusieurs reprises. Après un moment, le chef d'orchestre souhaite le bonsoir et donne rendez-vous au dimanche suivant. Les gens restent là un moment, assemblés en petits groupes, le temps de se saluer. Et puis ils commencent à se disperser.

Tu veux qu'on marche encore ? demande Basilio.

Elle hausse les épaules.

On peut faire encore le tour de la place, si t'es d'accord.

D'accord, dit Celestina.

Ils repartent doucement. Basilio met les mains dans les poches arrière de son pantalon.

T'es toujours là-bas, à l'usine de confiserie ? demande Basilio.

Oui, pour l'instant. Mais je vais pas rester très longtemps. C'est trop dur. Tous les soirs, j'ai mal au dos.

Ah.

Je voudrais voir pour travailler avec ma tante, à la mercerie.

Celle de la Calle Don Tello ?

Oui, c'est ça.

C'est juste en face de là où j'habite.

Ah oui, c'est vrai.

Ils marchent en silence un moment. Hésitent au croisement d'une ruelle, scrutent ensemble vers le sombre, puis traversent.

Et les soldats, qu'est-ce qu'ils disent, elle demande.

Les soldats ?

Oui.

Pas grand-chose. Ils sont fatigués.

Tu crois que les nationalistes vont arriver ici à Guernica, toi ?

J'en sais rien.

Il y a les Maures, aussi. Tout le monde en parle.

Je sais, dit Basilio.

Ils ont déjà atteint le bas de la place et dans pas longtemps, ils vont commencer à remonter en direction du tilleul. Basilio ralentit le pas, se tord le cou pour observer sa chemise déchirée.

Vraiment, c'était rien cette histoire de chemise.

Quand même, observe Celestina.

Non, vraiment rien. La seule chose, c'est pour Maria. Ça m'embête pour elle. Elle m'avait recommandé d'en prendre soin et voilà tout ce que j'ai réussi à faire.

Celestina s'arrête, étudie l'accroc une fois encore.

Si tu veux, je pourrais essayer de la raccommoder.

Ah.

Tu voudrais ?

Oui.

Je ferai de mon mieux.

Oui, d'accord. Je te l'apporterai à l'usine.

La place s'est vidée. Par instants, le silence est rompu par quelques plaisanteries jetées à voix haute par les musiciens qui finissent de ranger leur matériel.

L'air est immobile. Ils sont à nouveau près du tilleul. Celestina dit que maintenant, elle va rentrer.

Je pourrais essayer de peindre un héron pour toi.

Elle le regarde, sans rien dire.

C'est pas pour la chemise que je dis ça, dit Basilio.

Elle rit.

T'aimerais bien avoir un héron ? demande Basilio.

Oui.

Enfin, un héron, c'est une façon de parler.

Et ils pouffent de rire tous les deux, elle, le regard fixé sur son visage à lui et lui, Basilio, les yeux baissés vers le sol, un peu embarrassé.

Un héron, il répète.

Il se redresse et leurs regards encore emplis de rire se croisent un instant.

Peut-être que je le commencerai demain matin, dit Basilio sérieux tout à coup.

Elle l'encourage d'un hochement de tête.

Bon, alors. On se verra bientôt, lance joyeusement Celestina en s'écartant d'un ou deux pas. Bonne nuit, Basilio.

Bonne nuit, fait Basilio pensif.

Et après un temps.

Hé, attends !

Elle s'arrête.

C'est drôle, aussi, il dit.

Quoi ?

La mercerie de la Calle Don Tello.

Elle lui fait un signe de la main et s'éloigne.

Il la suit des yeux aussi longtemps que possible, sans penser à la raccompagner jusque chez elle.

Quand elle a disparu, il s'adosse au tronc du tilleul. Il lève le front vers le ciel et cherche les étoiles dans les trouées claires.

Le pont de Renteria

Pour Basilio, la nuit a été mauvaise et à l'aube tout juste naissante, il est content de quitter sa chambre et de respirer l'air frais du dehors.

Au retour du bal, il a peiné à trouver le sommeil, après tous les événements de la journée écoulée, l'expédition au cimetière avec les soldats, la conversation avec Celestina, le béret tombant gracieusement sur sa joue, l'espoir de la mercerie, la promesse de sa peinture pour elle. En plus, il y a eu les grognements suraigus et presque incessants du cochon attaché dans la cour. Avant de sortir, Basilio lui flanque un léger coup de pied dans l'arrière-train.

Saleté de bestiole, il fait.

Tranquillement, il remonte vers le nord la route rectiligne en direction du pont. Il tient son carton à dessins sous le bras droit, et dans la main gauche son coffret à peinture maculé de taches colorées. Malgré l'heure matinale, il croise plusieurs marcheurs ployant sous le poids des sacs et des panières, et même deux ou trois carrioles tirées par des mules ; tous se dirigent vers la place du marché.

Basilio lui aussi s'y rendra un peu plus tard, avec le cochon et le sac de haricots. Il y retrouvera le vieux

Julian et il se débrouillera pour y amener son oncle Augusto comme ils en ont convenu.

Le ciel est plutôt clair, avec seulement quelques nuages amoncelés du côté de la mer. L'air est chargé de sel. Basilio pense aux mouettes que ça va ramener et il se demande si Rafael va venir pour les chasser.

Il franchit la voie de chemin de fer et emprunte le sentier qui serpente au milieu des aulnes. En quelques minutes, il atteint la rivière, presque à l'aplomb du pont de la Renteria.

Il pose son coffret au sol, son carton dessus. Un long moment, il observe le flot, s'enivre de la masse d'eau sombre en mouvement. Pour un peu, il en perdrait l'équilibre.

Et puis soudain, Basilio remarque comme la lumière a crû sur toute chose et comme autour de lui, les couleurs se déploient. Il reprend ses affaires, se fraye un chemin sur la terre grasse, parmi les herbes hautes.

Après une centaine de mètres, il arrive en vue du marais. À cet endroit, se dresse la muraille d'une roselière de forte densité. Les eaux stagnantes se dissimulent partout sous le couvert des végétaux et cheminer à pied sec devient une gageure.

Basilio progresse avec précaution, en se tenant au plus près du lit principal de la rivière. Ses semelles sont trempées de boue lorsqu'il atteint les deux troncs accolés à moitié immergés qui permettent de franchir une vaste zone inondée. Pas après pas, en respirant à peine, il avance en équilibre sur les troncs, le regard tendu vers le terre-plein herbeux qui marque la fin du passage.

Au moment de le rejoindre, son pied d'appui dérape sur le bois écorcé et il se retrouve debout dans l'eau, mouillé jusqu'à mi-mollet. Par réflexe, il lève les bras, brandissant au plus haut son carton et sa mallette.

Les pas qui suivent rendent un curieux bruit de succion.

Après, il contourne la roselière en s'éloignant de la rivière et rapidement, la vue s'ouvre sur les eaux du marais.

Basilio s'immobilise. Son regard étudie lentement les lieux, avec précision. Parcourt l'espace dans un sens puis dans l'autre, avec de longues poses, ici et là.

Les eaux lisses et peu profondes ont perdu leur robe de mercure des premières clartés et s'allument maintenant de mille scintillements. S'en échappent déjà en plusieurs endroits de fines colonnes de vapeur. En face de Basilio, à une trentaine de mètres, un groupe de grèbes circule en silence, au plus près du rempart de roseaux.

Le héron n'est pas là.

Basilio fait quelques pas jusqu'à la souche. Elle est encore humide à cette heure matinale. Il s'y assoit quand même, délace ses souliers détrempés, vide l'eau qui s'y est accumulée. Ses pieds nus reposent sur le sol moussu. Les grèbes se mettent soudain à produire des trilles énergiques en agitant l'eau. Et puis tout redevient calme.

Basilio commence à sortir son matériel.

À plusieurs moments, il s'interrompt et scrute les alentours. Vers le ciel aussi, les yeux plissés. Puis il reprend le cours de sa petite installation, la palette, les tubes de couleur, les pinceaux sur le papier journal déplié.

À part les godasses pleines de flotte, c'est une journée parfaite, voilà ce qu'il se dit Basilio. Avec une lumière idéale pour peindre les hérons. Et il pense à Celestina, ce qu'il va pouvoir faire pour elle. Enfin, pour autant que le héron se décide à apparaître.

Il entend le cri d'une mouette avant de la voir virevolter au-dessus du marais.

Et voilà, c'était sûr, se dit Basilio.

Une demi-heure plus tard, le soleil surgit d'un coup au-dessus des petits arbres et Basilio en ressent immédiatement la bonne chaleur au front.

À ce même instant, il a le pressentiment de sa présence.

Son regard méticuleux fouille une fois encore la forêt de roseaux. Depuis le temps, il sait ce que parfois, la venue du héron dans le paysage peut avoir de subreptice, de clandestin. C'est un affût qu'il aime pour ça aussi, pour cette attention qu'il réclame, cet œil d'initié.

Là-bas, parmi l'entrelacs des pieds de roseaux, il y a cette oblique en mouvement lent, marquée par une légère boursouflure à l'articulation. Le héron risque une patte vers l'avant, avec précaution. Elle finit par rejoindre l'eau, y pénètre sans bruit. La lenteur de sa progression est stupéfiante. Il fait ainsi quelques pas ; et le voilà immobile, de profil.

C'est bien lui. Le héron des autres fois. Basilio reconnaît le plumage du corps à sa prédominance de gris et surtout, aux deux petites taches noires qui marquent la partie antérieure. Le cou est d'un blanc lumineux, à l'élégance prononcée par de longues et fines plumes noires à l'arrière de la tête. Le sourcil, fourni et noir lui aussi, se dresse comme une oreille tendue. L'œil brille, aux aguets.

D'abord, Basilio préfère s'en tenir lui aussi à une parfaite immobilité. Bien sûr, il brûle de commencer à esquisser quelques traits, comme ça, tout entier porté par le spectacle de ce surgissement. Il n'aurait même pas à regarder la vaste feuille qu'au moyen d'une simple pince, il a fixée au carton reposant sur ses cuisses.

Mais ce serait oublier le temps des apprivoisements et prendre le risque de le mettre en fuite.

Non, il faut d'abord acquérir la certitude d'avoir été repéré par le héron. Lui laisser le temps d'évaluer tranquillement la menace, puis, minute après minute, de se rassurer sur elle. Là seulement, il pourra laisser tomber le bras vers le sol, attraper un crayon gras et commencer à dessiner, avec des gestes mesurés.

Doucement, Basilio a redressé le torse, puis la nuque. Comme pour emprunter au héron quelque chose de son allure, de sa droiture, de son élégance hiératique.

Comme chaque fois, il s'émerveille de la dignité de sa posture. C'est ce mot qui lui vient à Basilio. C'est d'abord ça qu'il voudrait rendre par la peinture. Cette sorte de dignité, qui tient aussi du vulnérable, du frêle, de la possibilité du chancelant.

L'échassier progresse encore dans le marais, à pas infiniment lents, comme s'il convoitait une proie. Se fige à nouveau. Et puis le long bec opère une rotation rapide pour pointer en direction de Basilio. En une seconde et comme par magie, le héron disparaît en tant que héron et se fond dans une nouvelle image qui évoquerait plutôt un gros serpent dressé. Il fait ainsi face à Basilio, vibrant d'une attention parfaite.

Le regard du héron. Ça aussi, Basilio voudrait en témoigner au mieux. Rendre quelque chose de cette inquisition pure, de ce miroir aux énigmes du monde.

Basilio se penche et saisit son crayon, comme au ralenti, sans perdre le héron de vue. Celui-ci garde encore quelques secondes d'immobilité et puis le bec se détourne, avant de plonger dans l'eau. À quelques mètres de là, les grèbes réapparaissent d'entre les roseaux et puis s'éloignent tranquillement.

Au-dessus du marais, les mouettes sont maintenant trois ou quatre, et leur cri est par instants assourdissant. Leur vol se rapproche parfois des eaux stagnantes. Mais le plus souvent, elles se tiennent au-delà de la cime des arbres, là où la brise plus forte annule l'élan de leur trajectoire et leur permet un surplace un peu désordonné qui a les allures d'un jeu entre elles.

Le héron enfouit le bec dans son épais plumage avec d'énergiques mouvements de tête. Fait entièrement disparaître une patte, puis la redéploie. Reprend sa position initiale. Debout, de profil, l'œil brillant.

Immobilité impeccable.

Ça y est, jeune homme, pense Basilio. Cette fois, je te tiens.

Il hasarde sur le papier quelques premiers traits, avec des mouvements de bras de trop peu d'ampleur, par crainte encore d'effrayer le héron. Du coup, il s'y reprend à plusieurs fois.

Tu comprends, il songe, on va faire ça bien. Aussi bien que possible. Et puis tu te rends compte, avec cette lumière autour de toi. Hein, tu te rends compte.

C'est pas si facile de peindre les hérons. Basilio le sait depuis un dimanche de début d'automne, c'était il y a plusieurs années.

Son oncle Augusto l'avait emmené à Bilbao pour assister à un match de football (c'était Bilbao contre Saragosse et Saragosse avait obtenu le match nul). Ils étaient arrivés en ville dès le matin et Basilio avait demandé à visiter le parc animalier. C'était une belle journée et ils avaient déambulé tranquillement le long des allées, au milieu des enclos.

Devant l'espace réservé aux échassiers, ils avaient marqué le pas et regardé un héron blanc, immobile, juste derrière le grillage. C'était un héron garde-bœuf, *Ardeola ibis*. Au bout d'un moment, Basilio s'était assis en tailleur à même la terre battue de l'allée et s'était mis à dessiner dans le carnet qu'il emmenait toujours avec lui.

Tu peux vraiment pas t'empêcher, avait soupiré son oncle. Il manquerait plus qu'on se mette en retard au stade.

Et tandis qu'il avait fait les cent pas en surveillant l'heure à sa montre à gousset, restant dans les alentours immédiats, Basilio avait dessiné le héron, avec application.

Après une vingtaine de minutes, son oncle était revenu se coller dans son dos. Basilio avait mis un dernier coup de crayon, s'était levé et tous les deux, ils avaient regardé le dessin, sous l'œil du héron, toujours immobile.

Ouais. C'est pas mal, avait dit Augusto. Mais on dirait qu'il est empaillé, ton gros piaf.

Basilio n'avait rien dit. Et puis ils avaient marché jusqu'aux abords du stade et Basilio avait gardé son carnet à la main, ouvert à la page du héron.

Au fond de lui-même, il avait fini par en convenir. Ce héron-là, le sien sur le papier, n'avait vraiment rien de vivant. Pendant le match, il n'avait pas cessé de penser à ce qui lui manquait pour le devenir. Dans les tribunes, il avait posé la question à Augusto mais il n'avait obtenu qu'une réponse bredouillée, un peu agacée même, et qui s'était perdue dans les cris des supporters.

Longtemps après, il avait entendu parler des hérons cendrés de la Mundaca. Les premières fois où il s'était rendu au bord de la rivière pour les observer, il n'avait rien pu griffonner dans son carnet. Il n'avait fait que les regarder avec intensité, en songeant au héron empaillé de Bilbao.

D'abord, la question de cette immobilité.

C'est curieux comme de ces poses qu'aime prendre le héron, de ces postures qu'il sait rendre parfaitement inertes, émane pourtant une sorte de palpitation. Même à vingt ou trente mètres, on le perçoit, le frémissement invisible, le battement profond qui cogne aux parois de ce corps figé.

Basilio se dit que la peinture ne pourra jamais rendre ça. C'est déjà difficile de conférer par le pinceau un peu d'allant à la représentation d'un être en mouvement ; mais s'il renonce à bouger ne serait-ce qu'un cil, alors là.

Il s'y essaye pourtant sans relâche, Basilio.

Il s'invente quelques stratagèmes pour cela ; en constate les limites ; en expérimente de nouveaux. Tous ont en commun de l'amener à tricher un peu, d'une manière ou d'une autre. À courber le rectiligne, à barbouiller un peu l'évidence du réel visible. À éroder les lignes trop nettes, les contours trop prononcés. Et dans les meilleurs jours, il a parfois l'impression de peindre à l'unisson de cette vibration secrète, celle qui du héron immobile fait avant tout un être en train de vivre.

Mais il est possible aussi que dans la sincérité de cette vibration, le héron lui-même finisse par se perdre. C'est peut-être ce que lui signifie Augusto quand devant ses peintures, il lui arrive de marmonner : Ouais, c'est pas mal. Mais c'est quoi ?

Et puis aussi, la profondeur de ce regard.

Ces deux gouffres plantés de part et d'autre de la tête du héron et par lesquels, lorsqu'il n'est pas trop à distance, Basilio a l'impression de s'exposer à une chute vertigineuse. Ces petites billes aussi, disons au moins l'une d'entre elles, doivent figurer sur la toile. Et pas seulement comme des coques luisantes aux couleurs et aux reflets complexes. Non, comme des puits plutôt, noirs et irrésistibles.

Basilio se dit qu'il conviendrait peut-être un jour ou l'autre de se résoudre à oublier le héron lui-même pour ne s'intéresser qu'à l'abîme qui s'ouvre à l'interstice de son regard. Plonger un peu là-dedans, et seulement ça.

D'ailleurs, de cette façon, on pourrait au passage abandonner tout le reste. Le héron lui-même donc, son plumage, ses allures fières, la flèche de son bec, mais aussi tout ce qui façonne son environnement. La roselière, les aulnes, les reflets dans l'eau du marais, la couleur du ciel. Dans cette exploration réduite aux entrailles du modèle, on cesserait de se poser la question du dehors ; de la place du dehors dans la peinture. On se dirait que oui, sans doute, la réalité profonde du héron peut être détachée de celle de la matière et des paysages qui l'entourent.

À la vérité, Basilio en douterait plutôt, sans parvenir à distinguer pour de bon ce qui lie ensemble l'une et l'autre de ces réalités.

Et aujourd'hui en plus, comme si tout cela ne suffisait pas à la peine, il sent se glisser entre eux, entre lui et le héron, dans l'intimité de leur face-à-face, une autre présence. Celle de Celestina, à qui il a promis d'offrir sa peinture.

On va vraiment faire ça du mieux qu'on peut, hein mon pépère, se dit encore Basilio. Allez, tiens-toi bien comme il faut.

Pour Celestina, il aurait aimé un héron de la plus belle élégance, au plumage rare et flamboyant. Quelque chose d'encore plus brillant que ce héron de tous les jours. C'est en tout cas ce qu'il se dit au début, un instant aveuglé par le désir de prouver sa virtuosité, de montrer son adresse de coloriste.

Il se souvient pourtant que la beauté du héron, comme celle de sa représentation, n'ont que peu à voir avec les irisations et les parures. Il conviendra seulement, comme les autres fois, mieux que les autres fois, mieux qu'il ne l'a jamais fait jusqu'à présent, d'ausculter ce héron du regard, avec une application parfaite, d'en cueillir quelques traits cachés, et surtout, une petite lueur de vie. Et c'est tout.

Voilà.

Le souffle court, Basilio commence à peindre.

La lumière a changé.

Elle n'est plus celle, taquine et traversière, des petits matins. Elle inonde désormais toute chose, à égalité.

Soudain, Basilio est arraché à son travail par ce bruissement derrière lui, vers la rivière, en direction du pont. Il se retourne.

Aperçoit le soldat.

Il est allongé sur le ventre à une quinzaine de mètres, dans la boue, un pistolet à la main braqué dans sa direction. Et puis, il pose le canon de l'arme sur sa bouche close et Basilio comprend qu'il lui intime l'ordre de se taire.

Juste après, deux autres soldats dégringolent le terre-plein qui soutient le pont.

Regarde, là, il y a des traces toutes fraîches, fait l'un des deux. Il a dû passer par là.

Ils longent la rivière, arrivent aux troncs d'arbre qui font office de gué pour rejoindre la zone du marais. Ils se mettent à courir dans l'eau peu profonde, en s'enfonçant jusqu'aux genoux.

Le soldat allongé a rampé à reculons pour se dissimuler sous un bosquet. Basilio n'aperçoit plus que son visage. Il voit aussi le geste qu'il fait à deux reprises, l'index glissant sous le menton, d'une oreille à l'autre.

Basilio se détourne, feint de se remettre à sa peinture.

Là-bas, le héron lui aussi, a presque disparu dans les roseaux, à reculons.

Là, fait l'un des deux soldats.

Ils viennent de repérer Basilio. Ils s'approchent un peu, à pas prudents.

Qu'est-ce que tu fous là, demande l'un des deux.

Rien. Enfin si, vous voyez, je peins.

T'entends ça, fait l'autre soldat avec un drôle de rire.

J'essaie de peindre un héron, et vous l'avez fait s'enfuir.

La belle affaire.

Les deux soldats maintenant immobiles, restent à distance.

Et t'aurais pas vu un gars, par là ? Un comme nous, avec l'uniforme. Un déserteur.

Vu personne.

T'as rien entendu non plus ?

Rien. Personne.

Et Basilio fait mine de se remettre à peindre.

Il a dû continuer le long de la rivière. Putain, si on le choppe.

Et après avoir jeté un coup d'œil à la ronde, ils repartent en trottinant.

Te retourne pas, chuchote le soldat allongé. Continue à peindre comme si de rien n'était, ils vont sûrement repasser.

Basilio fait comme il dit et au bout d'un moment, les deux autres soldats repassent dans l'autre sens sans même marquer le pas à la hauteur du marais. Peu après, on les entend ahaner alors qu'ils escaladent le terre-plein raide du pont. Puis le silence se fait à nouveau.

Basilio n'ose pas se retourner dans la direction du soldat allongé. Il a peur d'être toujours tenu en joue.

En face, le héron réapparaît, lentement. Il reprend sa place, juste à l'avant de la roselière.

Vous êtes toujours là ? demande Basilio à voix basse.

Comme il ne reçoit aucune réponse, il pivote doucement sur lui-même. Le soldat est là, au même endroit. Son front repose sur son bras replié. Il a laissé tomber l'arme dans la terre humide.

Ça va aller ? demande encore Basilio.

Le soldat fait signe que oui sans lever le front de son bras.

Vous n'êtes pas blessé au moins ?

Non, répond le soldat.

Et quand il finit par lever la tête, Basilio découvre un visage d'adolescent, souillé de boue.

Tu penses qu'ils vont revenir par là ? demande Basilio.

Je sais pas. Ça m'étonnerait.

Le soldat se met debout, frappe de ses deux mains sur son pantalon de treillis pour enlever le plus gros des salissures tout en scrutant les alentours.

En tout cas, je m'excuse, fait le soldat.

Basilio hausse les épaules.

Et en souriant, le soldat fait glisser son index sous le menton.

Ah oui, dit Basilio.

Tu aurais pu me dénoncer.

Ils demeurent un instant silencieux. Le soldat ramasse son arme, la passe d'une main dans l'autre, la regarde sur ses deux faces puis la fourre dans sa poche. Après, il s'approche de Basilio.

Regarde là-bas, murmure Basilio.

Le soldat regarde dans la même direction que Basilio.

Tu le vois ?

Oui, ça y est, je le vois. C'est un héron, on dirait.

Oui, c'est ça. Un héron cendré. Tout à l'heure, il s'est caché dans les roseaux à cause du bruit. Et maintenant il est revenu.

Et c'est ça que tu es en train de peindre ?

Oui.

Le soldat se penche un court instant sur la peinture.

C'est encore loin d'être fini, dit Basilio.

Le soldat se redresse, attrape un paquet de cigarettes dans la poche intérieure de sa veste militaire, le tend à Basilio.

Non, merci, je fume pas.

Le soldat s'en allume une, tire quelques bouffées en regardant vers le héron.

C'est vrai que tu es un déserteur ? demande Basilio.

Le soldat crache longuement vers le ciel la fumée de sa cigarette.

Déserteur, il ricane. Et de quoi j'aurais bien pu déserter ? Il y a plus d'armée. Plus de commandement. Juste des gars paumés en uniforme. Voilà ce qu'il y a.

Un temps.

Des gars paumés, jusqu'au moment où ils se font zigouiller. Hier, je les ai vus revenir, ceux qui se trouvaient à Marquina. Ils sont pas nombreux à s'en être sortis. Et ici, à Guernica, faut pas croire. Ça va être pareil.

Tu vas partir d'ici ?

Je sais pas.

Basilio saisit un tube de blanc, le presse au-dessus de sa palette. Du bout de sa brosse, il en attrape une petite partie qu'il mélange à d'autres couleurs. Après, il essaie quelques touches sur la feuille, remet encore un peu de blanc, essaie à nouveau.

C'est le plumage. Il me donne toujours de la peine.

C'est drôle quand même. Moi je parle de gars qui se font tuer pendant que toi, tu t'emmerdes à peindre le plumage d'un héron.

Je m'emmerde pas.

Un temps.

Quand même, il doit falloir une sacrée patience, dit le soldat.

Faut surtout avoir très envie de regarder, dit Basilio. De bien regarder les choses. Le héron, ce qu'on peut en voir, et ce qu'on ne peut pas. Aussi, tout ce qui l'entoure. Tout ce qu'il y a dans l'air qu'on respire, le héron, toi et moi. C'est surtout cette envie-là qu'il faut.

Chut, fait soudain le soldat.

Basilio s'arrête de peindre, le dévisage sans comprendre.

Tu entends ?

Ils tendent l'oreille.

Oui, je crois. Ça vient du pont, on dirait. Cache-toi.

Ils restent figés tous les deux.

Je crois que c'est passé, chuchote le soldat. Ce doit être la circulation sur le pont. Ceux qui partent vers Bilbao. Il vaut mieux que je m'en aille.

Tu as un endroit où aller ?

J'aimerais rentrer chez moi.

C'est où ?

C'est loin. C'est aussi pour ça que j'aimerais y aller. Pour foutre le camp d'ici, vraiment. Parce que moi, c'est pas comme toi. J'ai pas envie de regarder les choses et le monde autour, pas plus les hérons que tout ce foutoir qu'il y a partout. Si je pouvais ne plus rien regarder du tout.

Et le soldat commence à s'éloigner, en direction de la rivière.

Alors bonne chance, lui dit doucement Basilio.

Le soldat ne répond pas.

Le héron s'est avancé de quelques mètres vers le milieu de la mare, en direction de l'endroit où se tient Basilio. Il s'est figé, le cou tendu vers la surface de l'eau.

Basilio l'observe sans rien faire ; après le départ du jeune soldat, il n'a pas réussi à reprendre son travail.

Après un long temps, le bec du héron effectue un bref piqué dans l'eau. Il en retire une proie frétillante qu'il avale immédiatement. Ensuite, le regard haut et avec de brefs mouvements de tête, il inspecte les environs. Après avoir fixé Basilio un court instant, il fait demi-tour et s'en va reprendre sa place contre la muraille de roseaux.

Là, son cou se replie harmonieusement contre la partie supérieure du corps. Son bec disparaît presque entièrement dans l'épaisseur des plumes.

Encore une fois, l'immobilité est parfaite.

Basilio se lève. Il pose sa peinture toujours solidaire du carton à dessins contre la souche. S'éloigne de quelques pas.

Son regard fait plusieurs fois l'aller-retour entre son esquisse et le héron étrange, désormais dénué de cou et de tête.

Il goûte quelque chose de cette œuvre inachevée.

Inachevée, c'est-à-dire en devenir, avec tous les espoirs que cela porte encore. Avec les libertés que ça laisse aussi, dans la lecture des espaces vides.

Il se demande ce qu'elle en dirait Celestina, de cette feuille encore largement vierge, avec cet effet de plumes au milieu, et tout juste quelques traits pour témoigner de la silhouette élancée du héron. Ça le fait sourire, Basilio.

Pendant que tu y es, il se dit, tu n'as qu'à lui offrir une feuille de papier blanc. Le plus beau héron qu'on aura jamais peint.

Quand la peinture est sèche, il range la feuille dans le carton et remet son petit matériel dans le coffret. Il accroche le tout hors de vue, aux branches du grand aulne. C'est ce qu'il a coutume de faire lorsqu'il pense continuer son travail plus tard dans la journée.

Puis, après un coup d'œil au héron endormi – À tout à l'heure mon pépère !, il quitte le marais pour se rendre au marché.

Basilio n'a jamais vu la Calle Santa Maria aussi bondée qu'aujourd'hui. Son cochon en laisse et son sac de haricots sur l'épaule, il se fraye un chemin comme il peut parmi les flots contradictoires : ceux qui, comme lui, descendent vers la place du marché ; les voitures à bras surchargées poussées par ceux qui s'apprêtent à quitter la ville vers le sud pour rejoindre Bilbao ; ou encore les ouvriers municipaux qui, pénétrés de l'urgence de leur mission, défilent pour empiler les sacs de sable autour du Refuge, l'abri qui occupe le centre de la rue.

Quand il retrouve le vieux Julian, il a le front luisant de transpiration.

Ah, t'es là toi.

Je suis venu pour vendre le cochon, et aussi les haricots. Enfin, les haricots, j'en ai mis un peu de côté, pour Maria et moi.

T'as bien raison. Les haricots du vieux Julian, c'est les meilleurs de Biscaye.

Basilio laisse tomber son sac sur le sol, attache le cochon au pied d'un étal métallique voisin où une vieille femme vend de la morue et de la palourde.

J'aimerais aller chercher l'oncle Augusto avec la carriole, dit Basilio.

Cette vieille teigne d'Augusto. Tu veux essayer de me faire croire qu'il est toujours vivant ?

Alors ?

Tu la trouveras à l'endroit habituel, derrière le poste.

Basilio remercie et s'éloigne au pas de course.

Il contourne le poste des pompiers dont la porte est grande ouverte. À l'intérieur, il remarque à peine les trois chevaux attelés, prêts à intervenir.

Il manœuvre la lourde carriole à bras du père Julian et à une allure de limace en raison de la foule, il traverse la place du marché en la tirant derrière lui. Heureusement, la résidence est à trois rues de là et le terrain est plat.

En arrivant à la résidence Calzada, Basilio est surpris d'y découvrir son oncle debout devant la porte, appuyé sur sa canne.

Un peu plus, et j'y allais à pied, il annonce d'une voix forte.

Ça alors, s'exclame Basilio, plein d'admiration. Ça fait drôlement plaisir de te voir là, costaud comme avant.

Allez, aide-moi plutôt à grimper là-dedans qu'on prenne la poudre d'escampette, et plus vite que ça. Ah !

Basilio aide Augusto à s'installer sur la planchette vermoulue et ils repartent en direction de la place.

Basilio progresse à reculons, le corps arc-bouté sur les deux mancherons de la carriole. Son oncle qui lui fait face n'a pas un regard pour lui. En revanche, il examine les alentours avec curiosité. Parfois, il salue l'un ou l'autre d'un simple geste de bras.

Alors, tu les as amenés ? il demande soudain d'une voix tonitruante.

Quoi ? fait Basilio.

Il s'arrête, en profite pour souffler un peu. Et se rapproche de son oncle.

Non, t'arrête pas, dit Augusto. Plus tôt on sera rendu, mieux ce sera. Ben, ton cochon, pardi. Et aussi tes haricots.

Si je les amenés !

Et, avec le coup de pouce d'un passant, il remet la charrette en route.

T'as réfléchi pour savoir combien t'en voulais de ton cochon ?

Dans les cent quarante, cent cinquante pesetas.

Augusto émet un long sifflement.

Ça fait une somme.

Il est quand même bien gras, dit Basilio.

Ouais. On peut toujours essayer à cent cinquante, on verra bien, dit Augusto après un temps.

Plus ils approchent du marché et plus la circulation devient dense.

Regarde-moi ça, lance Augusto en désignant un convoi de chariots tirés par des ânes, entouré de femmes et d'enfants.

Ils finissent par rejoindre le poste. Après plusieurs essais infructueux pour aider Augusto à descendre, Basilio suggère de l'attraper sous les aisselles et, malgré les jurons, il le fait glisser ainsi jusqu'au sol.

Tu vois bien que je peux encore me débrouiller tout seul, peste-t-il tout en jaugeant les chevaux attelés des pompiers.

À pas très lents, ils avancent vers l'étal du vieux Julian.

Alors, tu crois qu'ils ont tort, tous ceux qui décident de quitter Guernica ? demande Basilio.

Augusto fait la moue. Ne répond rien.

Regarde-moi le champion qui se pointe !

Moque-toi, vieux vautour. Tu verras bien lequel des deux va enterrer l'autre. Qu'est-ce que je dis, tu verras rien du tout.

Julian et Augusto se serrent la main.

Julian dit que les affaires marchent plutôt bien, qu'il a presque tout vendu à bon prix, les poulets et les légumes. Que le cochon de Basilio devrait bien partir aussi.

Basilio a ouvert le sac de haricots, en a renversé quelques poignées sur le bord de l'étal de Julian pour qu'on puisse bien les voir et même les prendre en main. Il tient son cochon au bout d'une courte laisse et piétine dans le passage étroit, juste devant l'étal. De toute part, on le contourne et parfois, on le bouscule un peu.

Cochon à vendre, cochon à vendre. Un beau cochon, assez gras quand même. J'en demande dans les cent cinquante.

Sa voix reste timide et elle est couverte par le brouhaha ambiant, les coups de gueule des autres vendeurs et des gars qui se saluent ou s'interpellent à distance.

Derrière l'étal, Julian et Augusto sont assis sur deux barriques et ils observent Basilio en rigolant un peu. De temps à autre, Julian capte l'attention d'un passant et lui désigne les haricots de Basilio d'un simple geste. Deux ou trois fois, le passant marque le pas, attrape quelques haricots, les renifle, demande le prix. Quand il les remet en place, Julian ne lui prête déjà plus attention.

Tu t'y prends comme un manche, lance Augusto à Basilio. Avec ta façon de faire, t'en tireras même pas de quoi nous payer un coup à boire.

Basilio jette un coup d'œil en direction de son oncle, sans cesser de faire les cent pas dans l'allée. Il se redresse et hausse le niveau de sa voix.

Bonjour messieurs dames, je vends mon cochon. C'est un beau cochon. Assez gras. Pour cent cinquante pesetas, je le vends.

Augusto soupire, avec un air las.

Il attrape le bord de l'étal et lentement, parvient à se mettre debout. Sa voix est puissante ; les badauds ralentissent et à proximité, toutes les têtes se tournent vers lui.

Mon-petit-cochon-tout-beau-et-assez-gras-quand-même-pour-cent-cinquante-pesetas, il ironise en affectant de minauder. Je t'en foutrais. Vous voulez la vérité, messieurs dames ? La vérité vraie ? Eh bien la vérité, c'est que des cochons de cette classe-là, vous pouvez fouiller tous les recoins de la Biscaye, vous serez infoutus de m'en dégotter un seul. Pas la queue d'un. À quoi, ça tient, vous allez me dire. Eh bien, je vais vous dire quelque chose : j'en sais rien moi-même. Secret de fabrication. Tout ce que je sais, c'est que y a que le vieux Julian pour faire du cochon de cette trempe. T'as qu'à y regarder de près. Approche-toi. Si t'es connaisseur, un coup d'œil et t'as tout compris. Même dans les yeux, tu peux voir ça. Dans les yeux du cochon, messieurs dames, pour qui s'y connaît un peu s'entend, dans les yeux du cochon tu peux déjà goûter la qualité de la chair. C'est comme avec les femmes.

Quelques éclats de rire.

Il exagère, dit Basilio à une vieille femme qui le frôle.

Alors, reprend Augusto, quand j'entends le gamin qui veut vous vendre cette merveille pour cent cinquante pesetas, ça me fait presque de la peine. Et pour le paysan Julian, je considère ça comme une insulte. Pas vrai, Julian ?

Julian fait une moue désinvolte.

Après, c'est le fruit de son travail au petit. Alors bien sûr, c'est lui qui décide au bout du compte. S'il veut vendre à cent cinquante, il vend à cent cinquante, qu'est-ce que vous voulez y faire.

Et il se rassoit, l'air renfrogné.

Basilio s'est tu. Deux hommes se sont accroupis pour regarder le cochon de plus près. Un autre les rejoint.

Quel baratin il nous a fait, dit l'un des hommes.

C'est sûr, il exagère, dit Basilio. Mais c'est un brave homme, ça empêche pas.

Alors, tu le vends cent cinquante ? demande l'homme qui vient d'arriver.

Oui, dit Basilio. Et j'ai aussi des haricots. Un sac pour quinze pesetas.

Ça peut m'intéresser, dit l'homme.

Les deux autres se retournent vers lui sans rien dire.

Tu permets, demande l'homme.

Et il se penche vers le cochon, l'attrape d'un geste sûr, le soupèse et lui palpe les flancs.

Ça ferait cent soixante-cinq en tout, avec les haricots.

Disons cent soixante, fait Basilio.

Les deux autres hommes se sont relevés.

Ça les vaut pas, dit l'un des d'eux.

Il est plutôt gras, dit encore Basilio. Et pour les haricots, y en a une sacrée quantité.

Je prends, dit l'homme. Le cochon et les haricots.

Et il fouille dans ses poches, l'une puis l'autre. Devant Basilio, il recompte l'argent avant de lui remettre. Après, ils se serrent la main.

Les deux autres hommes échangent des propos à voix basse avant de s'éloigner.

Salut mon pépère, lance joyeusement Basilio au cochon avant qu'il ne disparaisse.

Alors ? tonne Augusto.

Basilio revient vers lui, ouvre sa main, montre l'argent.

À la bonne heure ! Allez, va nous chercher une fiole de liqueur chez Teresa. Tiens, prends ça.

Non, ça va, pour l'argent j'ai ce qu'il faut, dit Basilio.

Prends ça, je te dis et fais pas le malin. Va.

Basilio prend les pièces que lui tend son oncle et s'éloigne en courant.

Quelques minutes plus tard, Teresa apparaît, une bouteille dans une main, deux verres empilés dans l'autre.

Ah, c'est pas trop tôt, s'exclame Julian. Voilà un peu de sang tout fait.

Teresa remplit les deux verres qu'elle a disposés sur l'étal.

Et Basilio ? demande Augusto.

Basilio, il est parti, dit Teresa.

Comment ça, parti ?

Il m'a chargée de vous dire qu'il avait un travail à finir à la rivière, près du pont. Il m'a dit de le faire appeler, si vous ne trouvez personne pour vous ramener à la résidence.

Ah, tu parles d'un artiste, maugrée Augusto en portant son verre à la bouche.

Au marais, près du pont de Renteria, le héron est toujours là, à l'avant de la roselière. Il s'est déplacé de quelques mètres, à l'opposé de la rivière, renonçant à la lumière crue.

Le cou est maintenant tendu, le bec pointé vers le haut comme s'il s'essayait à flairer quelque chose. Par mouvements secs et de peu d'ampleur, sa tête pivote sans cesse d'un côté et de l'autre.

Avec l'éclairage du début d'après-midi, son plumage a perdu ses irisations.

Basilio a réinstallé son matériel au même endroit que dans la matinée. Il a fait ça avec soin, en y mettant le temps qu'il faut pour se laisser reprendre par sa peinture. C'est pas si facile après le brouhaha du marché, la vente du cochon, la liasse de billets dans la poche.

Sous le couvert des arbres, la température est agréable. Il ne pleuvra pas aujourd'hui.

Les manches retroussées, palette en main, Basilio détaille longuement son travail du matin, approchant le nez ou prenant parfois un ou deux pas de recul. Furtivement, il arrive aussi que son regard s'allonge jusqu'au héron, le vrai, debout là-bas contre les roseaux.

Il se dit que peut-être, ce soir, il en aura fini avec lui, et qu'il pourra aller trouver Celestina pour le lui offrir.

Avant de lui poser dans les mains, il faudra lui répéter combien le héron peint est différent du héron que l'on voit et encore plus du héron tout court, tel qu'en lui-même.

Il lui dira aussi qu'il regrette un peu cette idée de lui donner une peinture de héron. Que bien sûr, il est heureux de pouvoir lui offrir quelque chose; et en même temps, que le moindre caillou ramassé par terre aurait sûrement plus de valeur.

Bien entendu, elle protestera. Mais il voudra qu'elle comprenne. Lui offrir un caillou, ce serait l'inviter à porter un regard sur un objet véritable. Sur une chose d'origine, et non pas sur une esquisse de représentation, forcément imparfaite. Ce serait déjà, de la part de Basilio, un geste d'artiste. Plus modeste, mais quand même. Alors, il lui dira sa crainte, avec la peinture de héron, de passer pour prétentieux. Il lui expliquera, en détail, tout ce qu'il pense de cette peinture médiocre qu'il lui remet, tu parles d'une idée. Il lui dira aussi, que la seule bonne raison de lui donner ça, c'est sa conviction que lui, Basilio, ne sait rien faire de mieux.

Il repose sa palette à même la terre moussue. Lève les yeux vers le ciel.

D'abord, c'est juste un faible ronronnement au lointain.

Il voit le héron qui fait quelques pas nerveux vers l'arrière jusqu'à disparaître parmi les roseaux.

Lentement, le bruit s'intensifie et change de texture. Gagne dans les graves.

L'avion vole à très basse altitude. En un instant, il est juste au-dessus du pont et du marais. Basilio remarque le frémissement des eaux. En même temps, il se couvre les oreilles de ses deux mains et résiste à l'envie de se plaquer au sol.

L'avion prend soudain de l'altitude, à pleine puissance. Basilio en observe l'ascension presque verticale, juste au-dessus de lui, d'abord rapide puis de plus en plus hésitante. Au sommet de la trajectoire, le vacarme consent une courte pause ; et l'appareil retombe, presque en feuille morte ; une seconde plus tard, il a retrouvé une position stable et reprend son rase-mottes en direction de la ville.

Le vrombissement décroît et finit par s'évanouir.

Dans le ciel clair, il reste un panache noirâtre en forme de virgule et des odeurs de graisse chaude.

Drôle de coup de pinceau, se dit Basilio.

Il regarde la fumée sombre se désagréger doucement.

Basilio se remet devant sa peinture.

Le héron n'est pas réapparu. Il va en profiter pour se consacrer au décor.

Il commence par donner quelques coups de crayon pour marquer les espaces terrestres. L'eau, les arbres, les roseaux, quelques reflets, la terre nue.

Aussi, il y a la béance du ciel.

À l'aplomb de la feuille et sans jamais l'effleurer, le crayon de Basilio y exécute de drôles de figures avant de lui tomber des doigts.

Après un long moment, il se lève. Avec précaution, il dépose sa peinture à plat, en équilibre sur la souche. L'observe, les deux mains accrochées l'une à l'autre derrière la nuque. Et puis il fait quelques pas aux alentours, parmi les arbres, revenant systématiquement devant la souche regarder un peu, sans pour autant s'arrêter de marcher.

Enfin, un peu à l'écart, il s'adosse à un tronc.

Les yeux fermés, il goûte la polyphonie joyeuse des chants d'oiseaux.

Insensiblement, les sons du marais se sont effacés et il n'y a plus que le criaillement des mouettes.

Depuis son arbre, Basilio les observe. Elles sont étrangement rassemblées au bord de la Mundaca, à quelques mètres de là. La plupart sont au sol, certaines volettent à peine, sautillant d'un endroit à l'autre. D'autres continuent à les rejoindre, poussées par la brise de mer.

La concentration des mouettes semble augmenter encore, autour d'un même point. Les becs, convergents, picorent et s'arrachent une nourriture filandreuse.

Soudain, le filet s'abat sur elles. Les cris s'intensifient, tandis que les ailes des mouettes cherchant à fuir produisent un drôle de froissement. Certaines réussissent à s'échapper; l'envol avorté des autres gonfle un instant le filet qui retombe sans cesse sur elles avec la lenteur d'une légère étoffe de soie.

Rafael sort de sa cachette, derrière le buisson d'aulnes. Avec précaution, il ramène à lui la corde qui borde le filet et qui agit comme un nœud coulant, rétrécissant doucement l'espace des oiseaux pris au piège.

Hé, Rafael, lance Basilio.

Rafael ne l'entend pas.

Basilio le regarde faire un instant encore puis s'avance vers lui. Le vacarme produit par les mouettes dans le filet est assourdissant, si bien que Rafael ne l'entend pas venir. Quand il lève les yeux sur lui, il est tout proche.

Qu'est-ce que tu fais là ? il demande dans un sursaut.

Basilio hausse les épaules. Rafael finit de ramener la corde, fait un nœud.

Tu les as bien eues, dit Basilio.

Ah ça oui, je les ai eues, cette fois. Tu m'as vu faire ?

Oui, je t'ai vu. Tu sais t'y prendre.

Tu pourrais essayer, une fois. C'est pas compliqué. Y a qu'à bien choisir son jour. Si t'as pas le vent du nord, tu feras rien.

Faut appâter, aussi.

Pour ça, suffit d'aller au marché et de ramasser les débris de poissons qui traînent. Plus ça pue, mieux c'est.

Ils regardent un moment l'agitation des mouettes prisonnières.

Après, dit Rafael, pour le filet, c'est sûr que c'est un coup de main à prendre.

C'est vrai que ça sent fort, fait Basilio en désignant les carcasses de poisson.

Rafael tire le filet plein de mouettes sur deux ou trois mètres.

Ça pèse son poids, il dit.

Tu veux que je t'aide ?

Non, ça va, j'ai l'habitude de me démerder.

Tu vas les mettre à l'eau.

Ben oui.

Rafael traîne le filet jusqu'au bord de la rivière.

T'as un coin pour ça ?

Un trou d'eau, juste par là. Voilà, c'est ici.

C'est un sale moment quand même, dit Basilio.

Ça dure pas longtemps.

Et il pousse le filet rempli de mouettes dans le trou d'eau. Les cris stridents de celles qui surnagent, les claquements d'ailes dans l'eau, les éclaboussures. À l'aide d'un branchage, Rafael enfonce et maintient le filet de mouettes sous la surface de l'eau. Le silence se fait d'un coup.

C'est surtout de les plumer qui prend du temps, dit Rafael.

Un temps. Basilio, le regard capté par les formes incertaines des mouettes à l'agonie sous la surface de l'eau.

Il y avait un héron tout à l'heure vers les roseaux, dit Rafael.

Un héron ?

Ben oui. Je sais que tu aimes bien les hérons, c'est pour ça que je te le dis.

Une partie du filet remonte à la surface. Rafael réajuste la position de son branchage et se remet à peser dessus.

T'as raison au sujet des hérons, dit Basilio. Je les aime bien, et surtout celui-là. Ça fait pas mal de temps que j'essaie de le peindre. C'est pas facile. Là il a disparu, à cause de l'avion.

Tu l'as bien vu, l'avion ?

Si je l'ai vu.

C'était un Heinkel allemand.

Ils gardent un instant le silence.

En tout cas, dit Basilio en essayant de plaisanter, j'en connais qui n'ont plus rien à craindre des avions allemands.

On va les sortir, dit Rafael en jetant son branchage. Tu peux m'aider si tu veux. C'est vraiment lourd.

Et tous les deux, avec peine, ils sortent le filet détrempé du trou d'eau, avec les cadavres de mouettes aux regards étranges.

Une fois plumées, tu vas en tirer un bon prix, hein ? demande Basilio.

C'est sûr, dit Rafael.

Et puisqu'ils parlent de ça, Basilio raconte comment il a réussi à vendre le cochon au marché, et aussi les haricots. Pendant ce temps, Rafael libère les mouettes du filet et les empile avec soin dans une caisse en bois.

Soudain, tous les deux s'immobilisent.

T'entends ça ? demande Rafael.

On dirait les cloches de Santa Maria, fait Basilio.

Oui, c'est bien ça.

Un instant après, ils entendent le ronronnement crescendo d'un moteur d'avion.

Ils scrutent entre les arbres, en direction de l'est.

Ce doit être le Heinkel de tout à l'heure, dit Rafael.

À quelques centaines de mètres du pont, vers le cœur de la ville, un mur de poussière sort soudain de terre. Une seconde plus tard, le souffle de la déflagration les plaque au sol. L'avion passe quelque part au-dessus d'eux sans qu'ils parviennent à l'apercevoir.

Ils larguent des bombes, souffle Rafael.

Basilio a les yeux écarquillés.

Je me demande bien où c'est tombé, dit encore Rafael.

En respirant à peine, ils prêtent attention aux modulations sonores rendues par le moteur du Heinkel. Ils comprennent qu'il est allé virer plus loin vers l'ouest avant de revenir piquer sur Guernica. Cette fois, il passe juste à la verticale du marais et ils peuvent voir les bombes qui se détachent doucement du ventre de l'appareil.

T'as vu ça, chuchote Basilio les mains sur les oreilles.

Rafael ne dit rien.

Cette fois, ils gardent le visage contre le sol, sans regarder vers la ville. Trois explosions aussi puissantes que la première se succèdent en moins de dix secondes.

Après, c'est un calme curieux qui se réinstalle, comme empli d'harmoniques et de résonances fossiles.

Les cloches de Santa Maria ont cessé de battre.

Basilio regarde Rafael. Il remarque les tressaillements qui agitent son menton. Il se redresse, s'assoit, le buste droit. Rafael fait comme lui. Ils restent silencieux, comme ça, les yeux dans le vide.

Au bout d'un moment, ils entendent ce très léger froissement du côté de la roselière. Rafael tend le bras.

Tu vas pouvoir continuer à peindre, il dit.

Le héron se tient là, debout dans les eaux peu profondes du marais. Son cou vertical semble démesuré. Le bec se déplace par saccades ; parfois il se dresse vers le haut et s'immobilise ainsi un court instant, presque dans l'axe du cou.

Peut-être qu'il va s'envoler, murmure Basilio. C'est beau à voir, quand il s'envole.

Le héron déploie ses ailes, le temps de quelques battements lents et maladroits. Puis les replie. Il avance de quelques pas vers le centre du marais.

Il va partir, dit Basilio. C'est sûr.

Les ailes s'ouvrent à nouveau, avec plus d'ampleur cette fois. Son corps s'incline vers le devant et il accélère sa progression sur le fond des eaux du marais alors que le battement des ailes finit par trouver un rythme, lent et régulier.

Dans cet élan vers l'avant, le héron semble vouloir embrasser l'air au moyen de ses grandes rémiges noirâtres. Sa tête n'est plus qu'une petite chose, posée au bout du S parfait dessiné par le cou, à proximité de la racine des ailes.

Bientôt, les pattes ne font plus qu'effleurer l'eau et pendent mollement vers l'arrière, à l'oblique. Il peine à gagner de l'altitude et se fraye d'abord un passage entre les bouquets d'aulnes avant de disparaître à la vue de Rafael et Basilio.

T'as vu ça, fait Basilio, le regard toujours tendu vers la trouée par laquelle s'est envolé le héron.

Hein, t'as vu ça, il répète et cette fois, il se retourne vers Rafael et voit son air maussade.

Tu me fais marrer, grogne Rafael.

Pourquoi ?

Et tu me demandes pourquoi. Alors celle-là.

Il force un éclat de rire.

T'as l'aviation allemande qui nous passe à ras la casquette et qui balance des bombes sur nos maisons et tu voudrais qu'on s'émerveille devant un héron qui s'envole.

Basilio, bouche bée.

T'es vraiment dingue, continue Rafael.

Basilio, silencieux, le regard fixe.

À nouveau, le battement rapide et continu des cloches de Santa Maria.

Merde, fait Rafael.

Ça fait peur, dit Basilio. Ça me fait un drôle de truc aux cheveux.

Moi aussi, c'est pareil que toi. Allez, planque-toi, mets-toi contre l'arbre.

Ils entendent grossir le vrombissement du moteur d'avion.

Planque-toi, je te dis.

Des bruits de tonnerre sur la ville, l'avion à très basse altitude au-dessus du marais.

Je vais là-bas, dit Basilio juste après qu'il soit passé.

Mais non, attends un peu. C'est beaucoup trop dangereux. Et puis, ça sert à rien.

Le large virage du Heinkel, le piqué en retour vers Guernica. Basilio commence à courir vers le pont. Rafael lui hurle quelque chose qu'il ne peut entendre à cause de l'avion.

Une fois sur la rive de la Mundaca, il fait volte-face.

Là-bas, les coups portés sur la ville, à lui briser les os.

Basilio revient vers Rafael qui cette fois, l'observe sans rien dire, stupéfait. Il s'agenouille près de la souche et ramasse son matériel, palette, couleurs, brosses ; range le tout dans le coffret. Il glisse aussi sa peinture dans le carton et accroche le tout aux branches du grand aulne.

Tu devrais pas y aller, dit Rafael.

Les taurillons étincelants

Tandis que Basilio remonte la Calle Don Tello, ce sont maintenant trois Heinkel allemands qui bombardent le centre de Guernica, presque sans relâche, n'offrant pour trêve minuscule que le temps qu'ils mettent à virer aux lisières de la ville afin de revenir de plus belle.

Au passage des avions, Basilio se recroqueville au sol, les fesses sur les talons, les paumes rabattues sur les oreilles. Il attend ainsi, les chairs tremblantes, que s'apaisent les fracas. Alors il se relève, sonné et brinquebalant comme un ivrogne qui en tiendrait une bonne. Haletant, il reprend sa progression.

Il passe ainsi devant chez lui. Marque à peine le pas avant de poursuivre son chemin. Il n'a même pas un coup d'œil pour la petite mercerie dont Celestina lui a parlé et qui se trouve là, de l'autre côté de la rue, presque en face.

Sa démarche est inégale, parfois alerte et rapide, parfois presque suspendue.

Son regard reste tendu vers le nuage opaque qui enveloppe le quartier du marché. C'est à trois ou quatre cents mètres de là. En quelques endroits, des flammes percent, fugitives, le rideau sombre des fumées. On voit courir des hommes et des femmes. Parfois, ils hurlent des mots que Basilio, encore trop loin, ne peut comprendre.

Un peu après, il y a le cheval à demi calciné de la croupe à l'encolure. Il est encore secoué de rares soubresauts. Il a cessé de tirer sur sa chaîne ; il gît sur l'échine à l'entrée de l'étable, les fers en l'air. Sa langue sort comme un dard de la gueule restée grande ouverte.

Parmi les marcheurs affolés qui le contournent, certains portent la main à la bouche.

De ce côté, le feu dévore, facile, le bois des maisons assemblées ; son crépitement est comme un souffle, éraillé et puissant.

La tête rentrée dans les épaules, Basilio s'engouffre dans le nuage sombre et presque à l'aveugle, il rejoint la place du marché.

L'étal du vieux Julian est toujours là.

Il s'est seulement affaissé d'un côté, sous le poids d'un gars qui repose désormais dessus, à plat dos, une jambe pendante, l'autre curieusement tordue et touchant le sol, visage de profil, tempe mangée par des reliefs sombres.

Reste pas là, crie un homme à Basilio en passant au pas de course. Va au Refuge. Dépêche-toi.

Un pompier en tenue s'approche à son tour de Basilio. Il lui attrape le bras.

Le Refuge, c'est pas la peine, il dit. C'est bondé et, à ce qu'on vient de me dire, les gens étouffent là-dedans. Tu peux essayer l'église San Juan, si tu veux. Mais je me demande si le mieux, c'est pas de rester là, dehors.

Ils balancent des incendiaires et ça va brûler partout, sans parler des effondrements.

Et ceux du marché, demande Basilio.

Le pompier paraît ne pas comprendre.

Ils sont passés où, tous ceux qui étaient là ?

Ah ça. Sont partis se mettre aux abris, qu'est-ce que tu crois.

Et eux là, fait Basilio en désignant l'étal de Julian avec le cadavre allongé sur le dos. Ceux qui se trouvaient là. Il y avait mon oncle, Augusto Ellere.

Je connais pas tout le monde ici.

Mon oncle, il a deux cannes pour marcher et aussi une drôle de grande gueule.

Le pompier lève les bras.

Faut espérer qu'il a eu plus de chance que ce pauvre bougre. Allez, va.

Et le pompier fait quelques pas en direction de son poste, le cou rentré dans les épaules. Soudain, il fait volte-face et, s'adressant à Basilio d'une voix forte, les deux mains jointes en conque autour de la bouche :

Oui, je me souviens, maintenant. Le boiteux aux cannes, on l'a reconduit. C'est une automobile militaire qui est passée. Ils ont demandé à grimper dedans, lui et aussi le vieux fermier. C'est tout ce que je sais.

En plus de la fumée causée par les incendies, le souffle des explosions soulève la poussière et l'air est irrespirable. Basilio est pris d'une longue quinte de toux. Il a sorti son mouchoir de la poche et le maintient contre sa bouche. Plié en deux, buste parallèle au sol, il contourne la place et s'engouffre en courant dans Goyencalle.

Après un moment, il est repris d'un coup par la lumière vive du jour.

Au loin, juste au-dessus de la limite des toits, le nez grossissant d'une escadrille de Messerschmitt.

Basilio traverse la rue, tente en vain d'ouvrir une porte de grange, traverse à nouveau, se rencogne comme il peut sous un auvent, au sommet d'un petit perron.

Les avions passent dans un fracas de moteurs.

Et puis ils laissent progressivement la place à autre chose.

Un bourdonnement plus lointain, dans une tessiture plus grave.

Ceux-là volent plus haut et Basilio peine à les repérer. Il finit par en compter sept.

Une vingtaine de mètres plus loin, il y a les cadres et les tableaux dans la vitrine. Il se précipite. En poussant la porte, il fait tinter la clochette. Il referme derrière lui.

Monsieur Bolin, il appelle.

Y a quelqu'un ?

Une voix lointaine semble lui répondre.

Monsieur Bolin, c'est moi, Basilio. Le peintre. Enfin, le peintre, c'est une façon de parler.

La trappe s'ouvre au plancher, vers l'arrière de la boutique. La tête de Fernando Bolin apparaît.

C'est le moment que t'as choisi pour me montrer ton œuvre, c'est ça ?

Basilio ne répond pas.

T'es pas blessé, au moins ?

Non.

Comment c'est dehors ?

Il y a des cadavres. Et aussi d'autres avions qui arrivent. Ils volent plus haut.

Ce doit être des bombardiers. Viens te mettre à l'abri. Et fais gaffe, l'échelle est plutôt raide.

Basilio descend derrière Bolin, referme la trappe derrière lui.

Dans la cave, il y a deux bougies disposées sur le couvercle d'un tonneau, un matelas aux odeurs de moisi couvert d'un plaid et une pile de livres. Une bouteille de vin est débouchée, un verre à moitié rempli.

Autant boire un coup, pas vrai, fait Bolin. T'en veux ?

Non, merci. Je veux rien.

Allez, ça te fera passer un peu la trouille. T'as la trouille, Basilio ?

Plutôt, oui.

Alors tiens, bois un coup.

Et il lui tend un verre de vin.

Juste avant les explosions, on entend les sifflements brefs. Avec les vibrations qui s'ensuivent, on se ramasse un peu, épaules affaissées, le verre de vin serré entre les mains. Parfois, un petit morceau de mur ou de plafond dégringole au sol, dans un cliquetis ridicule.

Faut pas croire, dit Bolin, si ça nous tombe droit dessus, on est morts.

Deux impacts encore, très rapprochés.

Allez, santé ! dit Bolin en levant son verre.

Santé, bredouille Basilio.

Ils boivent.

C'est du meilleur, dit Bolin. Du vin français. Un graves.

Il se met une gorgée en bouche tout en passant le verre à la lueur de la bougie.

Belle robe, en plus. Bon. Et si on parlait de choses sérieuses. On ne va tout de même pas se laisser emmerder par ces trublions à deux sous qui ne pensent qu'à jouer à la guerre. Pas vrai, Basilio ?

Le regard étonné de Basilio.

Bien. Parlons peinture, veux-tu ?

Mais je n'ai rien ici à vous montrer, dit Basilio.

Ça n'empêche pas d'en parler, n'est-ce pas.

C'est vrai.

Bon, alors tiens-toi droit, pour commencer.

Lui se lève, au milieu des fracas. Basilio essaie de résister à la tentation de repliement.

On m'a dit que tu peignais des hérons.

Oui, c'est ça.

C'est très intéressant les hérons, dit Bolin. Peut-être que si j'avais à choisir la peau d'une bestiole pour vivre une autre vie, ce serait celle du héron.

Et comme Fernando Bolin le questionne, Basilio parle un moment des hérons, de ceux qu'il a peints, de celui du pont de Renteria. Et aussi de son incapacité à les représenter vraiment.

C'est une obsession, dit Basilio.

Ça ou autre chose, dit Bolin.

Je me demande.

Le héron, la bécasse, les hommes, les femmes, tout ça, c'est du vivant. C'est ça qui compte.

Peut-être.

Ça s'agite, ça palpite, ça change d'un jour à l'autre, ça te prend la lumière comme ci ou comme ça. Tu peux y passer tes jours et tes nuits, jamais tu pourras rendre ça correctement.

C'est vrai, reconnaît Basilio.

Mais ça empêche pas d'essayer.

En tout cas, ça reste là, toujours, dit Basilio en pointant son front de son index. Même une journée comme aujourd'hui, ça reste là. Au milieu de tout ça, j'y pense encore à mon héron et je me demande comment je vais réussir à le terminer. Et aussi si je serai content du résultat.

Ouais, fait Bolin pensif. Je comprends ça.

Un temps de silence.

Ça se calme, on dirait, dit Basilio.

Ah, tu vois, c'est de parler peinture.

Il sourit.

Enfin, je ne sais pas combien de temps ça va durer. Restons encore un peu, ce sera plus sûr.

Bolin remplit les verres, ils boivent.

Je vais te montrer quelque chose.

Il attrape une bougie et se dirige vers le fond de la cave. Éclaire furtivement la surface d'un établi, saisit un grand carnet. Il vient s'asseoir à côté de Basilio sur le matelas.

Tiens, tu peux regarder, il dit en tendant le carnet à Basilio.

Basilio tourne quelques pages. Seules celles de droite sont utilisées. À chaque fois, une pelote de traits sombres et nerveux concentrés en une sorte de forme ovoïde. D'une page à l'autre, on devine tout au plus quelques variations discrètes.

Moi aussi, j'ai mes obsessions, dit Bolin.

C'est de vous ?

Oui.

Je croyais que vous ne dessiniez pas.

Ce n'est pas du dessin. D'ailleurs, je ne sais pas dessiner. Pas de talent pour ça, et je n'ai jamais appris. J'ai seulement essayé de me souvenir, garder une trace. Chaque jour depuis vingt-huit ans, j'ai tenté de retrouver son visage. J'ai rempli des carnets, presque une centaine pour ça.

Cette femme du bal dont vous aimez bien parler, bredouille Basilio.

Elle s'appelle Lucia.

Un temps.

Au début, son image devait être encore très précise dans votre esprit.

Oui, certainement. Et pourtant, ces portraits des premiers temps me sont aujourd'hui insupportables. Ils semblent ne s'attacher qu'à une représentation froide du visage. Tant qu'à faire, je préfère mes gribouillis de maintenant.

C'est un peu pareil pour mes hérons, dit Basilio.

C'est différent quand même, dit Bolin, quand on a son modèle sous la main.

Oui, bien sûr.

Et tu sais, Basilio, faut pas croire ce qu'on raconte. En vérité, tout au fond de moi, je me suis douté tout de suite qu'elle ne reviendrait pas. C'est pour ça, tous ces dessins dès le premier jour, pour essayer de garder quelque chose quand même. À l'heure qu'il est, tu parles qu'elle a tout oublié du bal de la Place. Mais bon, c'est bien de s'inventer des belles histoires, tu trouves pas ?

Oui.

Ah. *Elle a toujours les yeux ouverts et ne me laisse pas dormir.* Tu aimes la poésie ? demande Bolin.

Il attrape le livre au sommet de la pile.

Je sais pas trop.

Écoute, j'étais en train de lire ça quand tu es arrivé : *Ô malheureux mortels ! ô terre déplorable ! Ô de tous les mortels assemblage effroyable ! D'inutiles douleurs éternel entretien ! Philosophes trompés qui criez : « Tout est bien » ; Accourez, contemplez ces ruines affreuses, Ces débris, ces lambeaux, ces cendres malheureuses,*

Ces femmes, ces enfants l'un sur l'autre entassés, Sous ces marbres rompus ces membres dispersés… On dirait que c'est d'actualité, hein ?

Oui.

Eh bien, Voltaire a écrit ça au sujet du tremblement de terre de Lisbonne.

Un tremblement de terre, c'est à la fois pareil et pas pareil, dit Basilio.

T'as raison. Ici à Guernica, les hommes ne peuvent s'en prendre qu'à eux-mêmes.

Un temps.

Pour ce qui est de la poésie, dit Basilio, je me souviens seulement de : *Petit marin au corps gracile*…

Et Bolin ajoute sa voix à celle de Basilio : *Louis de Gonzague de la mer, comme elle était fraîche ta pêche quand elle tombait de tes mailles !*

J'aime beaucoup Alberti, dit Bolin. Et c'est drôle que tu te souviennes de ses vers à lui parce que sans cette maladie aux poumons, il serait devenu peintre. Il a réalisé de très bonnes copies de Zurbaran.

C'est que je m'y connais pas trop, dit Basilio.

Bolin vide son verre, Basilio boit une gorgée.

Je t'ai vu avec la petite, hier au bal, dit Bolin.

Basilio, silencieux.

Comment s'appelle-t-elle ?

Celestina.

Débrouille-toi pour la garder, celle-là.

J'espère qu'il ne lui est rien arrivé. Elle travaille à l'usine de confiserie.

De ce côté-là, ça risque rien. C'est juste à côté de chez Uncate, l'usine d'armement qui fricote avec les nationalistes. Ça m'étonnerait fort qu'ils fassent tomber des bombes dans ce secteur.

J'aime mieux ça, dit Basilio.

Si tu veux, j'irai quand même jeter un coup d'œil là-bas, dit Bolin. De toute façon, j'en ai assez de croupir ici. Et toi, tu devrais aller te mettre à l'abri, à San Juan ou à Santa Maria. Tu y retrouveras sans doute ton oncle.

Et comme Bolin voit que Basilio reste hésitant, il répète qu'il va aller voir, du côté de chez Uncate et de la confiserie.

Basilio a fait le détour par les Carmélites avec l'espoir de croiser le regard de Maria.

Il se tient un instant aux aguets devant les grilles d'entrée, au beau milieu du désordre et du vacarme régnant à cet endroit, parmi les blessés et tous ceux venus avec l'espoir de trouver un abri sûr.

On le bouscule, on le prie de s'écarter, de laisser passer.

Il se promet de revenir un peu plus tard.

Avant de s'éloigner, il a demandé à deux sœurs portant un brancard si on avait vu arriver son oncle ici, Augusto Ellerc, c'est son nom, un boiteux à deux cannes. L'une des sœurs, pas très aimable, s'est contentée de lui répondre qu'il en avait de bonnes, avec les dizaines de personnes qu'on leur amenait ici sans discontinuer.

Basilio court maintenant le long de la Calle Salazar.

Avec l'intensité des bombardements, la rue est presque désertée. Ici et là pourtant, des hommes et des femmes se tiennent recroquevillés et immobiles, au ras du sol, dans des recoins, à l'arrière de piliers. Parfois, ils s'étreignent de peur, les bras passés autour des épaules.

Basilio s'abrite un moment sous l'arche du bâtiment de police. De là, il peut entendre le mitraillage nourri des soldats postés sur le toit de Santa Clara.

Il risque un œil vers le bas de la rue, qui à deux cents mètres environ, s'ouvre sur la place de la Gare. Il aperçoit le restant de la façade de l'hôtel Arrue qui semble avoir été découpée avec précision et régularité au-dessus du premier étage.

Là-bas, ils doivent être six ou sept au seuil de l'espace ouvert. Ils se sont massés, à la lisière de la place, côté nord. Derrière l'homme incliné qui se tient devant, les autres forment une grappe compacte. Ils hésitent à traverser.

Plusieurs fois, le fracas causé par une salve d'impacts proches les fait reculer. Disparaître, presque, dans la nuée de poussière soulevée. Et puis, Basilio voit se redessiner leurs silhouettes courbes.

Ils se décident. L'homme devant prend quelques mètres d'avance, puis ralentit. D'un geste de bras, il invite les autres à le suivre. Ils se rassemblent presque, atteignent le milieu de la place. On entend le cri de l'un d'eux qui voudrait que l'on presse le pas.

Basilio ne voit pas tomber la bombe. Il ne distingue pas non plus son point d'impact. Le bruit de l'explosion emprunte à la brisure, au déchirement bref, au tranchant métallique. Durant une seconde, il se croit touché lui aussi, pénétré au ventre, au front par les éclats de quelque chose.

Lorsqu'il reprend ses esprits, tout s'est figé sur la place de la Gare. Les corps morcelés, six ou sept, arrachés de terre et envolés en gerbe, en ont fini avec les arabesques.

Une risée de vent, soudain raffermi, fait l'effet d'un coup de gomme en redonnant à l'air un peu de transparence.

Basilio remarque la fumée dense qui s'échappe aux interstices de la porte des entrepôts ferroviaires. Il y a aussi les coups violents et répétés qu'il peut entendre par intermittence et qui semblent provenir de là.

Quelqu'un doit marteler cette porte d'entrepôt, depuis l'intérieur.

Le suintement de fumée ne cesse de s'intensifier.

De là où se trouve Basilio, cela s'apparenterait maintenant à un liquide visqueux, ruisselant de partout, au pourtour de l'ouverture.

D'un coup, la porte cède et s'écrase avec force sur le sol extérieur, en basculant sur son arête inférieure.

Depuis la béance rougeoyante, trois masses sombres et enragées s'arrachent presque simultanément et se mettent à courir en tout sens sur la place.

Basilio pense qu'il doit s'agir de ces taurillons que l'on vient parfois négocier au marché et que l'on a dû enfermer là, avec l'idée de les tenir à l'abri.

Ils avancent la gueule ouverte, agités de fréquents soubresauts et produisent des mugissements rauques et irréguliers.

L'un d'eux est tout entier enveloppé d'un halo clair qui dissimule la netteté de ses contours. Il rappelle à Basilio le corps fumant des chiens de chasse à la saison froide. Seules quelques flammèches lui accrochent l'échine et le haut des flancs. Sa course fébrile est une succession de segments rectilignes coupés par de brutaux changements de direction au cours desquels il se secoue, comme pris de démence.

Les deux autres sont plus franchement rongés par le feu.

L'un d'eux, le plus ventru, est pris sur l'ensemble de sa partie postérieure. La moitié de son corps, y compris la tête, d'apparence indemne, donne ainsi l'impression de tracter une épaisse boule de feu. Les sons qu'il émet prennent par instants de drôles d'inflexions, entre le râle et le cri. Sa course désordonnée est ponctuée de chutes ; avant de se relever et de repartir de plus belle, il se frotte vigoureusement l'arrière-train au sol, à s'en arracher le cuir.

L'autre taurillon est le plus silencieux des trois.

Il disparaît presque totalement dans les flammes qui s'élèvent de toute part contre ses flancs. Un feu galopant aux allures de diablerie, dont n'émerge plus pour ainsi dire aucune forme vivante, voilà ce qu'il donne à voir. Sa course à lui ne s'interrompt que lorsqu'elle rencontre un obstacle, en l'occurrence un mur ou un tronc d'arbre. Après le choc et ce qui s'ensuit, un simple étourdissement dirait-on, le taurillon repart selon un nouvel azimut. Tout au plus, Basilio remarque, les secondes passant, un léger fléchissement de sa vitesse de déplacement.

La place de la Gare est maintenant désertée par les vivants ; il n'y a plus que la course désespérée des trois taurillons étincelants. Parfois, le souffle des explosions leur fait l'effet d'une gifle, n'altérant qu'à peine leur équilibre.

Basilio observe leurs trajectoires. Ils sillonnent l'espace avec énergie et leurs élans erratiques amènent parfois d'étranges conjonctions évoquant une chorégraphie.

Tandis que deux corps évoluent à proximité dans un semblant de complicité, le troisième glisse au lointain, selon une ligne de fuite parfaite. Et puis l'un tombe au sol, alors que le second paraît rebondir sur le tronc d'un platane ; le troisième, assez harmonieusement, s'en retourne vers eux et les voilà réunis pour un court ballet collectif.

À l'arrière, les entrepôts se craquellent ; des lueurs fortes apparaissent, zébrées comme les fissures qui s'ouvrent. Des morceaux de toits volent vers le ciel, infiniment légers.

Une gifle, et une autre encore.

Une nuée de poussière envahit la place comme une poignée de confettis. Les bêtes un instant étourdies.

L'une d'elles, celle au halo, peinant à se relever. Se relevant tout de même. Zigzaguant jusqu'au profond cratère de bombe, trébuchant, disparaissant ainsi aux yeux de Basilio.

La course du taureau tout entier dévoré par les flammes s'interrompt au centre de la place. Il s'écroule brutalement, comme touché par une cartouche de gros calibre. Durant un long moment, le feu qui le tenait continue à s'échapper de la masse noire inerte.

La boule de feu portée par le taurillon ventru a gagné en volume. Et pourtant, son allure est moins heurtée que précédemment. Ses cavalcades s'accommodent d'assez longues lignes droites. L'une d'elles se termine du côté de Basilio, par une sorte de révérence, gueule béante. Et puis s'éloignant dans la direction opposée, il gagne les entrepôts en feu. S'engouffre droit dans la fournaise, par l'ouverture dont il s'était échappé quelques instants plus tôt.

Basilio, comme envoûté par les événements de la place. À ses yeux qui ne clignent pas, une brillance inhabituelle.

Non loin de lui, un homme quitte soudain sa planque et se met à courir en hurlant que c'est le bon moment les gars pour y aller. Sans réfléchir, Basilio lui emboîte le pas et ça tombe bien, parce qu'il prend la direction de l'église San Juan.

Ah, Basilio, tu es là. Viens vite, mets-toi à l'abri. Il manquerait plus qu'ils s'en prennent à la maison du Seigneur.

À la suite du père Eusebio, Basilio se faufile dans l'église San Juan par le portail entrebâillé.

Tous les deux, ils se retrouvent face à face, au milieu des gens rassemblés. Il règne là une drôle de pénombre, cinglée par les faisceaux de lumière colorée dégringolant des vitraux et dans lesquels on voit voleter une abondante poussière.

Le père Eusebio attrape les mains de Basilio.

Tu n'es pas blessé, au moins, il demande.

Basilio le rassure d'un geste.

Et les autres ?

Je sais pas.

Le curé lui serre les mains un peu plus fort. D'une voix douce et en se signant, il dit que c'est une journée de malheur mais qu'il faut garder confiance.

Juste à côté, il y a le murmure des prières psalmodiées par trois femmes agenouillées à même les dalles de l'allée centrale.

Viens avec moi, dit le curé.

Et ensemble, ils traversent la nef et rejoignent la sacristie.

Regarde ça, dit Eusebio.

Il désigne à Basilio un appareil photographique à plaques, ajusté sur son trépied.

C'est un paroissien qui me l'a prêté, il y a de cela quelque temps. L'appareil date un peu mais il peut faire de bonnes images. Au début, c'était seulement pour faire des photographies de San Juan, mais vu les circonstances, j'ai une autre idée. Si tu veux bien m'aider.

Basilio se tient silencieux.

Voyons ça, marmonne le curé.

Il relève le rideau de feutre noir.

Il faut commencer par placer les plaques dans les plis de la bande de papier. On peut en disposer cinquante, voilà, comme ça.

Il tend les plaques à Basilio qui insère machinalement le restant des plaques.

Pour prendre une photographie, continue le père Eusebio, il n'y a qu'à armer l'obturateur et déclencher.

Il montre l'endroit à Basilio.

Lorsque la vue est prise, il faut tirer le papier jusqu'au trait qui est marqué sur sa surface. Ici. En faisant cela, la pellicule impressionnée va se placer dans un compartiment spécial et le papier qui a servi de porte-pellicule sort de l'appareil. On le déchire et on peut écrire dessus ce qui sera utile pour le développement. Tu comprends. Bon, il y a aussi la mise au point que l'on peut faire varier et l'obturateur peut donner des vitesses différentes de prise de vue. Mais tu n'auras pas à t'occuper de ça. Je vais tout préparer.

Et il pratique quelques réglages. Ses mains tremblent un peu.

Qu'est-ce que je dois faire ? demande Basilio.

On va prendre des photographies, Basilio. Pour témoigner de ce massacre auprès du monde entier. C'est ça qu'on va faire.

Mais il y a tous ceux qui l'ont vu de leurs propres yeux. Toi, moi, les autres.

Ça suffit pas. Il faut des documents. Sinon, on nous croira jamais. Allez, suis-moi.

Sur le parvis, Eusebio pointe son bras vers le début de la Calle Allende. Il désigne à Basilio l'orifice circulaire de l'une des vastes conduites servant à évacuer les eaux des crues saisonnières.

Tu vas t'installer là avec l'appareil photographique, dans la conduite. Tu y seras protégé et en même temps, tu verras, la perspective est dégagée, loin vers le nord et l'est. C'est de là que viennent les avions. Surtout, attends le plus longtemps possible avant d'appuyer sur le déclencheur. Histoire qu'on puisse leur compter les plumes, à ces oiseaux de misère.

Et toi, tu viens pas, demande Basilio.

Après. Pour l'instant, il y a tous ces pauvres bougres à qui je dois administrer les derniers sacrements.

Après que, vers la Plaza las Escuelas, les toits se sont enluminés par petites touches soudaines et presque concomitantes, Basilio se met à trottiner, le matériel photographique posé sur l'épaule, sous les encouragements du père Eusebio.

Basilio, accroupi à l'entrée du conduit, la tête recouverte par le drap noir, l'œil dans le viseur.

Il fouille le ciel vide.

Le ciel pâle, sans épaisseur, sans mouvement.

Un autre ciel, méconnaissable.

Il sort la tête du voile noir. Scrute au lointain.

La menace lui jaillit au front à nouveau. Le ciel est celui d'avant, sans avion mais vibrant pourtant, de la couleur de guerre qu'il lui connaît.

Encore une fois, l'œil au viseur.

À y regarder de près, zone par zone, bâtisse après bâtisse, tout est pourtant semblable à ce que voit son œil nu, jusqu'au moindre détail.

L'église San Juan, l'ocre sale de la pierre, les taches d'ombre que ses hauts murs projettent au sol. La bicyclette couchée au pied du parvis, le houppier tremblant des arbres.

Et cependant, il semble à Basilio que de ce rectangle censé témoigner du monde réel, il ne voit véritablement que le contour. L'étanchéité du contour, pour dire les choses, et qui impose un renoncement absurde à l'étendue et à l'enchevêtrement des paysages alentour.

Il lui apparaît que la vérité de ce qu'ils sont en train de vivre, lui et ceux de Guernica dont le cœur n'a pas cessé de battre, ne peut s'accommoder de découpages. C'est un tout dont on ne peut rien extraire sans risquer la supercherie. Ce qui se voit ne compte pas plus que ce qui reste invisible, que ce qui pourrait apparaître, ou qui se tient en attente derrière les angles de murs ; que ce qui va surgir, d'un instant à l'autre, du ventre des nuages.

Non, décidément, cette vignette dérisoire s'enracine dans un espace bien plus vaste. Ça n'est rien d'autre que le fugace point d'émergence d'un temps en train de s'écouler, portant l'espoir ou la crainte, et dont la photographie ne saura rien dire, ou si peu.

Voilà en gros ce qu'il se dit Basilio, la tête couverte par le feutre noir de l'appareil.

Il pense à Fernando Bolin, l'encadreur de tableaux et se demande ce qu'il penserait de tout ça. Il se promet de lui en parler, à l'occasion.

Lorsqu'il entend au loin le bruit des moteurs, Basilio se recule dans le conduit et les sons se mettent à résonner d'une autre manière.

Les avions s'arrachent tardivement aux nuées blanchâtres qui forment barrière au nord de la ville. Ils donnent l'impression de piquer vers les toits.

Basilio se souvient des recommandations du père Eusebio au sujet des plumes d'oiseaux de misère. Il lui revient aussi une histoire de cow-boys assiégés par des Indiens et qui ne doivent pas tirer avant de leur distinguer le blanc des yeux.

Attends encore, attends, se répète plusieurs fois Basilio.

Le vacarme croît et chante curieusement dans l'espace du conduit en faisant vibrer le béton.

Résistant à l'envie de s'extraire la tête du drap noir et de s'enfoncer un peu plus dans le noir de sa caverne, Basilio réussit à prendre trois premières photographies.

Moins d'une demi-heure plus tard, Basilio aperçoit le père Eusebio longeant le flanc ouest de San Juan. Il observe son allure curieuse lorsqu'il traverse le parvis de l'église et l'espace ouvert qui le devance, le nez au ciel, alternant le pas de course et des foulées d'ampleur ridicule. Il s'engouffre dans le conduit aux côtés de Basilio qui lui a fait de la place.

Alors, il demande.

J'en ai fait quatorze, dit Basilio.

Et en même temps, il montre les papiers porte-pellicule qu'il a déchirés.

Tu les as eus ? demande Eusebio.

Basilio hausse les épaules.

Tu les as bien cadrés, au moins ?

Je crois, oui.

Bon. On va attendre un peu encore. Ils vont sûrement revenir.

Il y a beaucoup de morts ? fait Basilio.

Beaucoup, oui.

Des blessés aussi.

Oui. Des pauvres gens.

Eusebio a les yeux baissés. Ses mains se rejoignent.

J'ai fait treize photographies des avions et une autre un peu différente.

Du moment que tu les as eus et qu'on a des preuves de tout ça. Qu'on puisse faire savoir ce qui s'est passé ici, à Guernica, c'est ça qui compte.

J'ai photographié la bicyclette, aussi.

Quelle bicyclette ?

Celle qu'on voit là-bas, couchée par terre au milieu de la place.

C'est une drôle d'idée, dit le père Eusebio en regardant vers la bicyclette.

Les avions, ça suffit pas pour raconter ce qui se passe ici, dit Basilio. Dès que tu te mets la tête sous le drap noir et l'œil dans le viseur, tu te rends compte que ça suffit pas.

Si on peut voir les bombardiers juste là, au-dessus des toits, c'est déjà beaucoup, non ?

Sur la photographie, on verra les bombardiers.

Ben oui, bien sûr, Basilio. Les bombardiers.

Le front plissé, le regard inquiet du père Eusebio.

Je veux dire, continue Basilio, on verra que les bombardiers. Ils prendront toute la place, sur la photographie. Surtout que ça occupe beaucoup de place, un bombardier.

C'est bien ce qu'il nous faut, bredouille le curé.

C'est pas comme une bicyclette.

Je ne comprends pas ce que tu veux dire.

Rien que ça, une bicyclette qui repose à terre, au milieu d'une place déserte. Je crois que c'est pas mal pour donner à deviner tout ce qu'on voit pas sur l'image. Toutes ces choses qui flottent dans l'air et qui fabriquent notre peur de maintenant. Qu'on peut pas graver sur du papier mais qui nous empêchent presque de respirer, par moments. Tu vois ce que je veux dire ?

Oui.

Alors je trouve que cette image de bicyclette, elle fait la place à tout ça et c'est dans ce sens qu'elle vaut bien une photographie de bombardier.

Le père Eusebio hoche lentement la tête en fixant Basilio. Un léger sourire point à ses lèvres.

L'artiste n'est jamais très loin, hein Basilio.

Basilio ne dit rien.

C'est bien le peintre qui parle, non ?

Je sais pas. La peinture, c'est différent.

Vraiment ?

La peinture, on sait bien que c'est pas la réalité. Et c'est bien normal, le pinceau, c'est pas une plaque photographique.

Un temps.

Évidemment, dit le curé. Tu vois, je me demande si, toi et moi, on s'intéresse pas aux mêmes choses en fait.

Basilio lève les yeux.

Toutes les choses qu'on ne voit pas. Tout ce qui palpite sans figurer sur les images, ce qu'on éprouve avec force et qui se refuse à nos sens premiers. Et dont on voudrait tellement témoigner pourtant.

Ah oui, ça c'est vrai, cette envie de témoigner, dit Basilio.

Eh bien, tout ce vivant invisible qui ne rentre dans aucun cadre pour la bonne raison qu'il est lui-même le cadre de tout, je crois bien qu'il porte un nom. Et c'est notre Seigneur Dieu tout-puissant, qu'il s'appelle.

Le regard de Basilio s'attarde un instant sur le visage du curé avant de glisser vers le côté, en direction de l'église, puis des espaces au-delà.

C'est quand même une drôle d'idée, dit Basilio au bout d'un moment.

Je préfère parler de foi plutôt que de drôle d'idée, fait le père Eusebio en souriant.

C'est une drôle d'idée, continue Basilio comme s'il n'avait pas entendu le curé, le front tendu vers l'horizon aux carlingues, parce que si c'est ça, j'aimerais bien savoir à quoi il pense, ton Seigneur Dieu tout-puissant, une journée comme aujourd'hui.

Eusebio, un instant silencieux.

Il ne nous abandonnera pas, finit-il par dire. Il faut garder espoir.

Vraiment, mais à quoi est-ce qu'il peut bien penser, bredouille encore Basilio, les yeux vides.

Après, ça se remet à dégringoler des nuages, le fer et le feu.

Et cette fois, ça cogne juste là, sur le quartier San Juan.

À chaque impact, la bicyclette couchée sur le parvis est prise de sursauts et la roue avant tourne à vide, presque en continu.

Le père Eusebio réussit à prendre plusieurs photographies des avions avant de s'enfoncer dans le conduit pour se mettre à l'abri, aux côtés de Basilio.

C'est mon ami Felipe qui va être content, il dit.

Et il cale son épaule contre celle de Basilio.

À quelques mètres d'eux, cinq ou six tout au plus, se découpe avec netteté cette petite vignette ronde et lumineuse, comme une lunette braquée sur une infime partie du monde dans laquelle s'insèrent la bicyclette et un morceau du parvis.

Ils ne la quittent pas des yeux.

Des voix, de plus en plus nombreuses, des cris parfois ; un brouhaha grandissant s'insinue parmi le fracas. Il semble provenir de l'église.

Tu entends ça ? demande le curé.

Oui, mais je comprends pas ce qu'ils disent, fait Basilio.

Chut, écoute encore.

Des jambes nerveuses, des jambes par dizaines, traversent le haut de la vignette ronde et lumineuse.

Qu'est-ce qu'ils fabriquent.

Évacuez dans le calme, entend-on soudain distinctement.

Le regard du père Eusebio se teinte de gravité.

Dans le calme, hurle quelqu'un.

Des dizaines et des dizaines de jambes sur le parvis, en fuite.

À quatre pattes, Eusebio s'avance vers l'extrémité du conduit.

L'air chargé de poussières sèches.

Ça y est, ils s'éloignent, annonce un homme d'une voix puissante qui se tient à la porte de l'église. Dépêchez.

L'écho, encore, de quelques frappes plus lointaines, vers le sud.

Les flammes qui crèvent la nuée pâle des poussières doivent faire dans les dix mètres au moins.

Allons, dépêchez, ne cesse de répéter l'homme tandis que l'on quitte l'église San Juan au pas de course.

Mon église, murmure le père Eusebio.

Basilio s'est rapproché à son tour de l'extrémité du conduit.

Tu vois ça. Ils ont incendié mon église.

Durant quelques secondes, ils se tiennent immobiles, au spectacle du feu enveloppant le flanc ouest de l'église et des gens précipités sur le parvis, hésitant un instant avant de s'éloigner au hasard parmi les rues.

Le père Eusebio quitte son abri et traverse le parvis les deux poings levés au ciel.

Salauds ! Salauds !

Et puis se retournant vers Basilio : Prends des photos, Basilio. Vas-y. Prends-en.

Et en dépit des protestations et des conseils de prudence, il se faufile dans l'église, à contre-courant du flot d'hommes et de femmes, d'enfants aussi, sans cesser de psalmodier *Miséricorde, miséricorde pour tous* au beau milieu de la petite bousculade qu'il provoque.

Les éclairs blancs

Finalement, il a bien fallu emmener le père Eusebio de force jusqu'au Refuge.

Encadré par deux costauds un peu embarrassés qui l'ont empoigné aux aisselles, il a rejoint la Calle Santa Maria en marche arrière, maugréant et traînant les pieds au sol.

Y a rien à faire, curé, juste à se mettre à l'abri, a dit plusieurs fois l'un des deux gars.

Basilio a trottiné à leurs côtés en tenant l'appareil photo.

J'en ai fait des bonnes, tu vas voir, il n'a cessé de répéter à l'attention d'Eusebio.

Mais le curé ne lui a pas prêté attention, le visage tendu vers son église en flammes.

Au Refuge, des dizaines de personnes se pressent contre la haute porte en bois à peine entrouverte. Certains frappent du poing contre les battants.

C'est pas la peine, dit un homme en s'éloignant, le front luisant de sueur et les yeux rougis. C'est devenu irrespirable, là-dedans. Tant qu'à faire, mieux vaut crever à l'air libre.

Miséricorde, souffle le père Eusebio.

Laissez passer, hurle une voix depuis l'intérieur.

Une voix que Basilio reconnaît.

C'est la voix de Julian, s'écrie Basilio à l'attention d'Eusebio. Julian, le fermier.

La porte s'entrouvre et Basilio finit par distinguer la silhouette du vieux Julian, vacillant sous le poids d'Augusto tout entier appuyé sur lui, la tête brinquebalant contre son épaule.

Mes cannes ! fait Augusto dans un râle.

Quoi, les cannes ? proteste Julian.

Pense à prendre mes cannes.

Et il se met à tousser salement, avec de drôles de sifflements.

Ah le vieux filou, fait Julian. Tu le crois mourant et lui, il pense encore à ses cannes. Je t'en foutrais. Allez, en route. Faites la place devant, poussez-vous.

Ah je suis rudement content de vous retrouver, dit Basilio qui s'est approché. Et Rafael ?

Un gars l'a croisé alors qu'il était en chemin vers la ferme, répond Julian.

Alors ça va, dit Basilio.

Augusto reprend appui sur ses deux cannes et comme Basilio cherche à le soutenir d'une main, il se dégage en disant qu'il est assez costaud pour se débrouiller tout seul.

Augusto met quand même plusieurs minutes pour retrouver le cours normal de sa respiration.

Après quoi, Julian explique qu'ils vont essayer de remonter jusqu'à l'église Santa Maria.

J'aimerais autant crever à la Taverne, dit Augusto.

Faudrait déjà que tes jambes soient foutues de te porter jusque-là, rétorque Julian. Allez, direction Santa Maria.

Priez le Seigneur. Ensemble, demandons grâce à Dieu le Père tout-puissant.

Les yeux de Basilio s'acclimatent à la pénombre étrange, peuplée de toutes les silhouettes prostrées et indistinctes.

Regarde-moi ça, souffle Augusto. Cette vieille buse s'est perchée dans son nid. Je parierais bien qu'il n'a jamais vu autant de monde dans sa cahute.

Du haut de sa chaire, le père Iturran exhorte la foule à la prière et au recueillement.

Prions pour la rémission de nos péchés, implorons l'indulgence du Très-Haut, continue le curé, les bras levés vers le ciel.

Sur la route du Très-Haut, dit Augusto à voix haute, on pourra faire une pause auprès des pilotes de bombardiers, histoire de voir ce qu'ils en pensent.

Ils se tiennent là debout, non loin du bénitier, Augusto bien calé entre Julian et Basilio.

Tu veux que je te dise, Basilio.

Basilio se tourne vers son oncle. Le regard d'Augusto est tendu vers Iturran.

J'aimerais bien savoir qui sont ses amis, à ce fichu rapace.

Il a parlé entre ses dents, sans bouger les lèvres.

En tout cas, on en raconte de belles sur son compte, ajoute Julian.

Et comme par hasard, reprend Augusto, son église à lui, y a rien qui lui tombe dessus. Elle est comme neuve, dis donc.

Ils font quelques pas dans l'allée centrale en direction de l'autel. Augusto laisse traîner ses béquilles et accroche aussi souvent que possible, de part et d'autre, les montants en bois des agenouilloirs. Le curé s'est arrêté de parler. Au moment où ils passent sous la chaire, Augusto lève les yeux.

Excusez pour le dérangement, il dit, mais après tout, ça fait tout de même moins de bruit qu'une escadrille de Junker-52, pas vrai curé ? Allez, aide-moi Basilio, que je m'assoie comme il faut.

Et sous le regard sévère du père Iturran, Augusto prend place sur l'un des premiers bancs juste devant l'autel.

Allons, tout le monde est le bienvenu dans la maison du Seigneur, finit par déclarer le prêtre.

Quelle mansuétude, fait Augusto. Bon, et mon vieil ami Julian, comment est-ce qu'il va faire si on se pousse pas un peu ?

Ceux du banc se tassent comme ils peuvent.

Julian s'installe à son tour. Basilio s'assoit à même le sol dallé.

Le curé a cessé de regarder vers Augusto. Il a les mains jointes sur la poitrine et les paupières closes. Ses lèvres remuent à peine.

Par instants, à l'unisson des fracas, on peut voir tressaillir les nuées de poussières suspendues dans le halo des lampes.

Et un cri bref et collectif s'élève, parfois pris dans une inspiration d'effroi.

Sur les marches de l'autel, un gitan est assis en tailleur et tient une guitare debout entre ses jambes. Son regard est fixe, ses yeux humides. Il ne cille pas.

C'est ça qu'il nous faudrait, dit Augusto.

Quoi donc, demande Julian.

Ce qu'il nous faudrait, c'est un peu de musique, histoire de nous donner du courage. Pas vrai, gitan.

Le gitan semble ne pas entendre.

Moi je dis : rien de tel qu'un peu de guitare. Hein, gitan.

Le gitan, toujours immobile, regard perdu.

Il est sourd ou quoi. Gitan ?

Le gitan lève les yeux vers Augusto. Ses traits apparaissent, inertes, dénués de toute expression.

On se disait qu'un peu de musique, ça pourrait nous faire passer un moment, dit Augusto.

Le gitan demeure figé.

Ça m'étonnerait qu'il joue, dit une femme à côté de lui.

Et pourquoi qu'il jouerait pas, demande Augusto.

Elle hésite.

C'est tout une histoire.

On entend grossir le ronronnement d'un moteur d'avion.

Les conversations s'interrompent, les échines se courbent. Une femme se met à geindre, en petites séquences aiguës.

L'avion passe dans le ciel de Guernica et, les yeux grands ouverts, pendant quelques dizaines de secondes, on se tient dans l'attente des fracas.

Mais cette fois, rien ne se produit.

Et alors, reprend Augusto, tu vas nous le dire pourquoi qu'il jouerait pas un air de guitare, le gitan ?

La femme regarde vers Augusto, puis vers les gens assemblés autour d'elle. Elle passe ses deux mains dans ses cheveux longs et bruns.

Remarque, dit encore Augusto, peut-être qu'il pourrait nous expliquer ça lui-même.

Antonio Torres Heredia a cessé de parler le 14 août de l'année dernière, dit la femme.

Des visages se tournent vers elle et aussi vers le gitan assis à ses côtés.

Avant cette date, il était un musicien et un poète aimé d'Estrémadure. Toute l'année, on pouvait l'entendre chanter dans les rues et sur les places de Badajoz contre quelques pièces ou une bouteille de vin rouge. Hein que je dis vrai, Antonio ?

Antonio reste immobile et silencieux.

Un temps.

Vous avez entendu parler de la colonne Madrid ? demande la femme.

Celle que dirigeait un certain Yagüe si je me souviens bien, dit Julian.

C'est ça. Il a fait un carnage. Des milliers d'exécutions en deux jours.

Le massacre de Badajoz, bredouille Augusto.

La femme poursuit.

Le deuxième jour, tôt le matin, Yagüe a fait emmener les hommes vers les arènes de la ville. Là ils les ont pris par dizaines et les ont dirigés vers les murs d'enceinte pour les fusiller. Ça a duré comme ça toute la journée. Au soir, comme il restait encore des gars dans les arènes, ils ont fini le boulot à la mitrailleuse lourde.

La femme marque une pause, regarde vers Antonio. L'une des mains du musicien glisse le long du manche de la guitare et un son s'échappe qu'il étouffe aussitôt.

La veille au matin, Antonio avait fui les rues de la ville et s'était réfugié à cet endroit, dans les ruines des arènes, avec rien d'autre que sa guitare. Un ami à lui, un certain Mendez, l'avait rejoint plus tard. C'est lui qui m'a raconté cette histoire. Tous les deux, ils avaient dormi là, à l'abri du mur d'enceinte.

Tôt le lendemain, il y a eu du bruit derrière le mur et ils se sont cachés dans un petit abri en pierre juste à proximité. Ils ont entendu le brouhaha des manœuvres, les éclats de voix. Ils ont fini par comprendre ce qui se préparait. Peu après, on a aligné les premiers gars derrière le mur et après la courte rafale, des voix ont repris pour donner des consignes et on a amené d'autres gars. Et puis encore d'autres.

À côté de la femme aux longs cheveux, Antonio a levé le front. Il semble attendre l'apparition de quelque chose au lointain. Basilio tente d'épouser la direction de son regard comme s'il y avait quelque chose à découvrir dans l'enceinte de l'église. Augusto hoche lentement la tête, de façon répétitive.

Juste après une nouvelle exécution de plusieurs gars, Antonio s'est levé, sa guitare à la main. Mendez lui a demandé ce qu'il fabriquait et il a répondu qu'il en avait assez de moisir au fond de ce trou. Les protestations de Mendez n'y ont rien changé. Antonio a fait quelques pas, s'est assis en s'adossant au mur. Et tu me croiras si tu veux, mais à ce moment-là, il s'est mis à jouer de la musique. Des arpèges de guitare, et aussi un air susurré avec la voix. Il y a eu quelques secondes d'un temps comme suspendu.

La femme a regardé Antonio. Lui, toujours immobile.

Bien sûr, ça n'a duré qu'un instant. Deux hommes en uniforme ont surgi de derrière le mur et ont mis Antonio en joue. Depuis sa cachette, Mendez a fermé les yeux et a attendu le coup de feu. Mais le coup de feu n'est pas venu. Debout, poète, a dit l'un des deux gars. Antonio s'est levé. T'es tout seul par ici ? Oui, tout seul, a répondu Antonio. T'es un poète républicain ? a demandé le gars. Je suis juste un poète, a répondu Antonio. L'autre lui a palpé les flancs et puis lui a posé la main sur le sommet du crâne et s'est mis à peser dessus. Assis, poète républicain, il a dit. Et continue à chanter. T'arrête surtout pas. Si tu t'arrêtes, t'es mort.

Et ils sont retournés de l'autre côté. Antonio a recommencé à chanter. Au moment de la rafale qui a suivi, il a tressauté à cause de la vibration du mur contre son dos. Il a joué et chanté comme ça toute la matinée, y compris quand le soleil brûlant s'est mis à frapper de ce côté du mur. Des mélodies simples, fredonnées avec une sorte d'insouciance un peu bizarre.

Mendez est resté caché, rongé par la peur, nerveusement épuisé par le fracas des fusillades et les cris des hommes. Il n'a pas voulu abandonner Antonio. Vers la mi-journée, un groupe d'hommes qu'on amenait a tenté d'échapper à son exécution. L'un d'eux a contourné le mur et s'est écroulé juste devant Antonio, touché par une balle. Avec le désordre des poursuites et des fusillades, Mendez s'est décidé à quitter son abri et d'un geste du bras a fait signe à Antonio de le suivre. Antonio n'a pas bougé et Mendez a dû venir le chercher. Il a saisi la guitare et a poussé Antonio devant lui. Ils ont réussi à fuir en direction du nord.

Et voilà. Plus tard, quand Mendez lui a demandé comment il se sentait, Antonio n'a pas répondu. Il a seulement tendu le bras et Mendez lui a rendu sa guitare. Et depuis, personne n'a plus entendu le son de sa voix.

La femme passe le bras dans le dos du gitan. Lui tient toujours sa guitare, debout entre ses genoux, les deux mains accrochées au manche. Basilio ne le lâche pas du regard, les yeux écarquillés.

En tout cas, il s'en est tiré, dit quelqu'un.
Il a eu de la chance, ajoute un autre.
De la chance, de la chance, faut voir, dit Julian.
Moi, je dis que ces gars-là, ça porte la chance, insiste le précédent. C'est un truc de gitan, ça.
D'ailleurs, fait une jeune fille, on dirait que les bombardements se sont arrêtés.
N'empêche, grommelle Augusto. On aurait bien voulu entendre sa musique, au gitan.
Surtout quand on pense à tous ces bougres qui sont morts en écoutant ça. C'est quand même la dernière chose qu'ils ont emmenée avec eux, dit Julian.

Dans l'église Santa Maria, le brouhaha des conversations va maintenant crescendo.
De toute part, on fait des suppositions sur la fin des attaques aériennes, sur le danger qu'il y aurait à se risquer dehors tandis que certains quittent déjà les lieux. Vers l'entrée, un homme finit par prendre la parole et d'une voix puissante, il donne des recommandations de prudence. Certains protestent, d'autres acquiescent à ses propos.
Augusto hausse les épaules sans rien dire.

Tiens, regarde qui arrive, dit soudain Julian.
On dirait notre ami Bolin, fait Augusto. Ma parole, c'est un vrai repaire de poètes, ici.
Julian lève le bras vers Bolin. Bolin l'aperçoit, lui puis Augusto et Basilio. Il s'approche d'eux. Sa veste claire est tachée de traînées noirâtres, et malgré la pénombre, on devine ses yeux rougis.

On t'as déjà connu plus endimanché, plaisante Augusto.

Fernando Bolin hoche doucement la tête.

T'étais où ? demande Augusto.

Par là.

Où ça, par là ?

Vers Calzada, et puis après du côté de chez Uncate.

Qu'est-ce que tu fichais là-bas, chez Uncate ?

Je fichais ce que j'avais à fiche.

Ah bon.

Basilio cherche à croiser le regard de Bolin. Celui-ci fixe le sol.

Et alors, comment c'est vers chez Uncate, demande Basilio.

Bolin lève les yeux vers Basilio, lentement.

Un temps.

Te fatigue pas, siffle Augusto, monsieur Fernando Bolin a décidé de faire des mystères.

C'est pas ça, dit Bolin.

Bon allez, dis-nous plutôt un brin de poésie, dit Augusto. Ça nous fera passer un moment.

J'ai pas la tête à ça.

Moi, je voudrais savoir comment c'est, vers chez Uncate, insiste Basilio. Et aussi vers l'usine de confiserie.

Écoute plutôt ça, dit Augusto. Vas-y Fernando, tu sais, celle avec les capes et les ciseaux.

J'ai pas la tête à ça.

Vas-y, je te dis.

Fernando soupire un bon coup. Et puis, il se met à psalmodier, du bout des lèvres.

Le long des ruelles en pente
S'avançent les capes sinistres,

Laissant derrière elles des traces
De ciseaux tournoyant en vrilles.

Basilio se lève d'un coup. Il fait face à Fernando Bolin, les deux poings serrés apposés sur son propre front.

Qu'est-ce qui s'est passé vers chez Uncate ? Et l'usine de confiserie ?

Calme-toi Basilio, dit Augusto. Qu'est-ce qui t'arrive tout à coup ? Qu'est-ce qui t'intéresse tellement dans cette usine de confiserie ?

Est-ce que vous l'avez vue ? insiste Basilio.

Bolin ne répond rien, Basilio pose encore une fois la question. Puis finit par dire, et cette fois ce n'est plus une interrogation : Vous l'avez vue.

Bolin est en face de lui, son regard sombre posé sur lui. Il recommence à déclamer.

D'autres jeunes filles couraient,
par leurs deux tresses poursuivies,
dans une atmosphère où explosent
des roses de poudre noircie.

Il inspire profondément. Quelque chose d'imperceptible modifie le timbre de sa voix lorsqu'il poursuit :

Ce que j'ai vu
C'est d'abord la trouée bleue au flanc du ciel
Et la houppe frissonnante des arbres
Et puis après seulement
L'assemblée des femmes empressées
Postées et mains alertes
Ou trottinant derrière les grilles de l'usine
Et puis après seulement
Le nuage d'oiseaux acier laminant les nues
Pointant l'index vers nos maisons et vers nos âmes
Se glissant par les gouffres turquoise
Jusqu'à griffer nos toits

Et les cheveux des filles
Dans le bruit des machines
Celles de l'usine n'ont rien entendu
Ni le fer à l'approche ni mes cris d'alerte
Presque jusqu'à la fin elles ont gardé l'œil bas
Tout à leur ouvrage
Trottinant parfois d'ici à là
Et puis après seulement
Je l'ai vue elle
Son foulard noué sous le menton
Et dénudant le front…

De quelle couleur était le foulard ? interrompt Basilio, les poings serrés toujours collés à la tête.

Son foulard…
– Bolin marque une courte hésitation –
Rouge et blanc
Noué sous le menton
Et dénudant le front
Ses yeux larges et brillants des dimanches de bal
Je l'ai vue Celestina
Par-delà les grilles
Frotter ses paumes contre le tablier jaune
Avant d'attacher souriante le chignon d'une femme
Et puis après seulement
J'ai vu pleuvoir l'averse de métal
Au moment où les visages de femmes
Se dévissaient vers le haut
Pour une courte épouvante
Et puis après seulement
J'ai vu les éclairs blancs
Dont celui-ci pour elle
Et son envol soudain dans le feu gris d'une flamme.

Avant même que Fernando Bolin n'achève son récit, Basilio a commencé à chantonner. Il reprend en boucle une mélodie simple, sorte de rengaine enfantine, d'une voix nasillarde et qui va crescendo. Son buste se balance avec régularité et ses deux poings cognent doucement contre son front.

Augusto et Julian le fixent avec de grands yeux tout ronds et le regard triste de Bolin va de l'un à l'autre.

Voilà, il dit. C'est ça que j'ai vu vers chez Uncate.

Autour d'eux, le silence s'est fait. On s'est même écarté un peu, avec de drôles de coups d'œil en direction de Basilio.

Son chant à lui se met à dérailler, et après quelques secondes d'un curieux beuglement, émis avec le menton collé à la poitrine, il finit par se taire, sans cesser le martèlement à son front. Il fait quelques pas à reculons, vers la porte de l'église et les gens s'écartent sur son passage.

Tu devrais pas y aller, Basilio, fait Bolin.

Basilio, en marche, à reculons.

De toute façon, il n'y a plus rien à voir là-bas, lance encore Bolin.

La blessure

Sur toute la longueur de son flanc est, le couvent des Carmélites est protégé par un haut mur. Il a été érigé à la hâte deux ou trois ans plus tôt sur le support d'une enceinte plus ancienne, alors jugée trop peu élevée pour garantir aux sœurs un environnement propice au recueillement et à la prière. Il faut dire qu'en la matière, la rumeur d'intrusions nocturnes de jeunes gens aux intentions peu avouables avait précipité la décision.

À l'avant du mur, quelques arbres, platanes et tilleuls. Dont celui-ci au pied duquel s'immobilise Basilio.

Depuis l'église Santa Maria, il a d'abord pris la direction d'Uncate et de l'usine de confiserie. Quelques pas, d'abord vifs, puis plus hésitants.

Une première fois, il a stoppé, a fait volte-face, ses deux mains empoignant ses cheveux.

Après, il s'est retourné à nouveau et a poursuivi son chemin. Il n'a ralenti son allure qu'au niveau du quartier Calzada. Il a fini par s'accroupir, les deux poings plantés dans le sol entre ses genoux écartés, comme saisi par un épuisement soudain. Il s'est tenu comme ça un bon moment, au milieu de la rue avant de s'éloigner vers la droite, en direction du couvent.

Il est passé devant les grilles, dans le désordre invraisemblable des plaintes et des blessés que l'on achemine. Il a continué jusqu'à l'angle du mur d'enceinte et après une dizaine de mètres, a gagné le pied de l'arbre.

Il lève le nez, avise la grosse branche horizontale.

Il se rapproche d'abord du tronc. Doucement, il promène ses deux mains sur la surface grise et lisse de l'écorce, à la recherche d'aspérités. Il passe ses bras autour de l'arbre et en vain, essaie de gagner quelques centimètres par la seule adhérence de ses semelles.

Il renonce. Regarde encore.

Recule de quelques pas.

Le regard tendu vers l'objectif, il s'élance, saute et agrippe la branche de ses deux mains. Un bon moment, ses jambes battent dans le vide avant qu'il ne réussisse à se rétablir.

Il souffle un instant avant de se mettre debout, un bras en appui contre le tronc. Il grimpe facilement deux ou trois mètres de plus grâce à une ramure plus dense et s'assoit à califourchon sur une branche qui s'allonge jusqu'au sommet du mur. Par petits bonds successifs, il s'éloigne ainsi du tronc et atteint le sommet du mur.

De ce côté-ci, le parc est désert. Les buissons impeccablement taillés dessinent des allées aux motifs symétriques parsemées de bancs en pierre blanche.

Derrière les fenêtres à meneaux de la grande façade ocre, des silhouettes s'agitent, nombreuses.

Basilio, à genoux sur le mur étroit.

Cinquante centimètres de large tout au plus. Il pose un pied, puis un autre. Le voilà debout, et bientôt même, le visage drôlement redressé, le regard haut.

Il inspire profondément, plusieurs fois.

Fait un pas. Puis un autre. Et encore trois ou quatre à la suite.

Il se tient là, l'œil à hauteur des toits. À hauteur aussi de la coiffe de feu qui couvre la ville et semble lui faire des cheveux d'or, étirés en oblique à l'unisson du vent de mer.

Il se remet en marche sur le fil du mur, d'un pas plutôt sûr. Il gagne l'extrémité nord et puis revient en arrière, enjambe la branche de l'arbre, continue jusqu'au bord sud.

Il semble réfléchir avant de repartir vers le nord, en forçant un peu l'allure. Au bout d'un moment, c'est presque en trottinant qu'il parcourt sans cesse le mur sur toute sa longueur, d'un bout à l'autre.

Durant quelques instants, une mouette vient tournoyer au-dessus de lui en criaillant.

Vous allez vous tuer, tonne soudain une voix d'homme.

Basilio ne semble pas l'entendre. L'homme se tient à l'une des fenêtres. Il porte une blouse blanche.

Est-ce que vous m'entendez ? Jeune homme !

Sa voix s'est teintée tout à coup d'un accent moins sévère, comme s'il craignait de susciter la peur. Il essaie d'appeler encore, mais Basilio ne lui prête aucune attention. Il continue à arpenter le haut du mur, sautillant même en certains endroits, les bras à l'horizontale comme des ailes déployées.

À la façade du couvent, d'autres fenêtres s'ouvrent et d'autres voix tentent, sans succès, de ramener Basilio à la raison.

Le voilà qui s'allonge maintenant, à plat dos, puis sur le ventre, membres pendouillant le long du mur. Après cela, il pivote de quatre-vingt-dix degrés et soutenu seulement aux hanches, bras et jambes libres donc, il répète de curieuses gesticulations évoquant des mouvements de natation. En même temps, il siffle à la manière de certains oiseaux, en produisant un trille avec l'arrière-gorge.

Basilio ! Ma parole !

Maria apparaît à l'une des fenêtres, à mi-hauteur de la façade. Derrière elle, plusieurs visages se pressent, stupéfaits.

Basilio, c'est moi, c'est Maria. Qu'est-ce que tu fabriques ? Descends de là, c'est trop dangereux, tu vas te faire mal.

Au sommet du mur, Basilio continue à nager la brasse à sa manière, le regard porté au lointain, par-delà le toit du couvent.

Basilio, dis quelque chose, voyons.

Mais Basilio demeure imperturbable. Sifflotant sans cesse, plutôt tranquillement, en répétant les mêmes motifs mélodiques.

Attends, dit Maria. Ne bouge pas.

Quelques instants après, elle surgit à l'angle du bâtiment, courant presque le long des allées du parc. Sa blouse et ses gants sont maculés de sang et c'est une drôle d'apparition dans ce jardin à l'entretien parfait.

Elle est bientôt au pied du mur, levant la tête vers Basilio à s'en briser la nuque.

Ça va pas fort, hein, Basilio ?

Il interrompt ses mouvements d'un coup. Remet son corps dans l'axe du mur. Et puis il se met debout.

Fais attention, Basilio. Tu me fais peur maintenant.

Lui, debout, sur un seul pied.

Non, Basilio.

Sur un seul pied, les bras comme des ailes.

Ça va, il dit. T'inquiète pas. Ça va.

Je préférerais que tu descendes.

Ça va. Mais il y a juste un truc qui va pas.

Viens me dire ça en bas.

Je vais pas tomber.

Qu'est-ce qui va pas ?

Ce qui va pas, c'est la chemise.

Quoi, la chemise. Quelle chemise ?

Celle que tu m'as prêtée pour aller au bal, hier. Celle que tu tenais de ton frère.

Et alors quoi ?

Eh bien, je crois qu'il faut plus trop compter dessus.

Maria écarquille les yeux. Elle émet une sorte de gloussement, porte les deux mains à son menton et sa tête se met à osciller lentement, de gauche à droite et de droite à gauche.

Ne me dis pas que tout ça, c'est à cause d'une histoire de chemise. Hein, Basilio. T'es quand même pas perché tout en haut de ce mur à risquer de te rompre le cou pour une histoire de chemise.

C'est un soldat que j'ai aidé à marcher qui l'a déchirée sans le vouloir.

Maria, soudain gagnée par la colère.

Mon pauvre garçon, ma parole, mais t'es complètement maboule. T'as regardé un peu autour de toi ? Tu les as remarquées les tonnes de bombes qui nous sont tombées dessus ? Tous ces gens morts, tous les désespérés, tous les yeux hagards et les litres de sang répandus, ça te dit quelque chose ? Ces maisons en feu, t'as vu ça ? Et tu me racontes des histoires de chemise ? Tu te rends compte de ce qui se passe dans ce couvent, derrière ce mur ? Tu veux venir voir ?

Pour la chemise, j'ai quand même essayé de faire pour le mieux.

Alors, poursuit Maria, tu veux venir voir ? Tu veux venir avec moi ?

Un temps.

J'en avais parlé à Celestina, fait Basilio d'une voix blanche, elle m'avait proposé de la raccommoder.

T'es devenu fou.

Mais je crois pas qu'elle pourra plus raccommoder quoi que ce soit, maintenant.

Les épaules de Maria s'affaissent. Basilio se met à battre des bras, un peu plus fort.

Il paraît qu'elle s'est envolée d'un coup, dans un éclair blanc. C'est Fernando Bolin, l'encadreur, qui m'a raconté ça. Il était là quand ça s'est passé, là-bas, vers l'usine de confiserie.

Oh, souffle Maria.

Alors c'est pour ça, pour la chemise, je crois que c'est fichu.

Tous deux gardent un long temps de silence.

Je comprends ça, dit Maria.

Basilio cesse de battre des bras, repose son pied sur le mur, s'accroupit.

Tu vas redescendre, maintenant ? demande Maria.

Oui.

Tu veux de l'aide ?

Non. Je vais descendre par là où je suis monté. C'est pas difficile avec les branches de platane.

On se verra plus tard, alors ?

Oui.

À plus tard, Basilio.

Quand elle s'éloigne, il y a, sous ses pas, le crissement léger du gravier couvrant les allées à la propreté irréprochable.

Basilio marche dans les rues de Guernica.

Au milieu de toute cette désolation, il se sent d'abord pris dans une sorte d'entre-deux, de ceux qu'imposent parfois les réveils affolés et pleins de sueur, quand tout vacille et s'en tient au gazeux, quand le réel continue à ployer sous la force du rêve, renâclant à toute capture.

Avec cet œil embué, presque incrédule, il traverse les quartiers meurtris, longe les bâtisses calcinées encore fumantes et les murs effondrés.

Il atteint la place du marché.

Il ne remarque pas les trajectoires balbutiantes de ceux qui, mètre après mètre, en soufflant des mots d'effroi, se risquent à nouveau au cœur de l'espace dévasté. Il n'entend pas vraiment la plainte des femmes agenouillées, les cris résonants des plus forts, prodiguant mille consignes contradictoires.

Il poursuit son chemin vers la Calle Don Tello.

Ce n'est qu'en remontant la rue vers chez lui que, le cœur battant, il commence à éprouver pour de bon les modifications du paysage, les espaces nouveaux dévolus à la lumière, à la circulation de l'air et des sons.

Avant même qu'il n'y ait porté le regard, il devine les blessures de la ville. La béance de ses plaies, ses amputations.

Des monceaux de poussière claire recouvrent toute chose et procurent partout à la semelle un support plus moelleux qu'à l'accoutumée.

Il ne ressent qu'un furtif soulagement en découvrant que sa maison à lui est presque intacte.

L'appentis de la loggia, instable depuis longtemps déjà, a fini de s'affaisser et entrave la fenêtre donnant sur la chambre de Maria ; les deux soupiraux vitrés ont été brisés, probablement par le souffle des explosions.

Mais à part ça, tout semble inchangé, la maison, et même, sur plusieurs dizaines de mètres, une large partie de ce côté-ci de la chaussée.

Il faut se retourner pour élucider ce pressentiment étrange. Quelque chose de familier a été bouleversé.

De l'autre côté de la chaussée, le pâté de maisons est presque entièrement rasé. Pour un peu, on devinerait au loin les contreforts des monts Cantabriques.

Seuls demeurent ici et là, au milieu des décombres, pris dans l'enchevêtrement des matériaux écroulés, quelques fragments de constructions restés debout, un pan de mur, une double porte encadrée de ses piliers et de son linteau, les tôles d'un abri de jardin.

Un long moment, Basilio épie les silhouettes courbées progressant avec peine parmi les gravats, se baissant par intermittence pour ramasser une chose ou l'autre, avant, le plus souvent, de la laisser retomber au sol.

Quelqu'un appelle, demande de l'aide. Deux ou trois gars s'avancent en direction de la voix.

Basilio reste immobile.

C'est d'abord une intuition, un éclair qui lui traverse l'esprit, à Basilio.

Au sein de ce chaos, quelque chose a fait front. Quelque chose a résisté au fracas.

Un temps, son regard figé renonce à balayer les espaces.

Oui, c'est ça. C'est là, juste en face.

La mercerie.

Celle où voulait travailler Celestina.

Basilio fait quelques pas vers la petite échoppe.

Elle est restée vaillante. Petite boîte aux contours indemnes et réguliers, de belle élégance encore, peinture bleue, enseigne aux lettres joliment ourlées.

Un écrin à l'avant des ruines, voilà l'impression que ça lui fait à Basilio. Un minéral pur soustrait à l'anarchie d'une roche.

Quelques pas encore et le regard de Basilio fouille les panières à boutons et à rubans, étudie les étiquettes.

Il y a l'étagère aux bobines de fil, de toutes les couleurs, exposées par ordre de taille. Sa main se porte sur l'une d'elles. Une blanche.

Il la fait rouler dans sa paume.

Pense à l'accroc de la chemise.

Ça a drôlement chauffé, hein ?

Basilio repose précipitamment la bobine sur l'étagère et se retourne. C'est Ramiro, le petit cousin de Celestina. Il porte un ballon dans ses bras.

Salut Ramiro.

Hein que ça a chauffé ?

Tu parles que oui. T'es pas parti à Bilbao ?

Non, pas encore. Ma mère et mes sœurs, oui, elles sont parties ce matin. Et moi, peut-être cette semaine.

T'étais où, quand les avions ont bombardé ?

Mon père m'a emmené dans la forêt, vers les grottes. On est resté là-bas.

T'as pas eu trop peur, alors.

Non. Un peu quand même. Pas trop.

Il est où ton père ?

Parti voir.

Il fait un vague geste de bras vers le centre de la ville.

Il reviendra me chercher ici, à la mercerie. Elle appartient à notre famille, la mercerie.

Je sais, dit Basilio. Elle a drôlement bien tenu le coup.

Ouais, drôlement bien.

Ramiro lance son ballon, le fait rebondir sur son front, le rattrape.

C'est combien ton record, en jonglant avec les pieds ? il demande.

Je sais pas, répond Basilio.

Moi, j'ai réussi quarante-sept, dit Ramiro.

Quarante-sept, c'est bien.

Tu veux que je te montre un peu ?

Comme tu veux.

Ramiro s'éloigne un peu. Il laisse rebondir son ballon une fois au sol et commence à jongler avec ses pieds tout en comptant à voix haute.

Le ballon lui échappe.

Attends, il fait.

Dix-huit, c'est déjà pas mal, dit Basilio.

Attends un peu, répète Ramiro.

Et il recommence à jongler, échoue encore.

Tu sais, on bat pas les records tous les jours, dit Basilio.

C'était pour te montrer, bougonne Ramiro, essoufflé.

Il pose son ballon par terre, s'assoit dessus. Il passe sa main dans la poussière blanche qui couvre le sol.

T'as vu Celestina, aujourd'hui ? il demande.

Basilio hésite une seconde à peine.

Non.

Ramiro ramasse une poignée de poussière et la fait retomber en pluie.

Tu vas faire quoi, maintenant ?

Je vais marcher un peu, dit Basilio.

Si tu veux, tu peux rester un peu avec moi ici, fait Ramiro.

J'ai un travail à faire, dit Basilio.

Ah.

Mais si tu veux, je peux rester un peu.

Je veux bien.

Alors.

Ramiro frappe ses deux mains blanchies de poussière l'une contre l'autre et un nuage se forme.

T'as vu ça ?

Basilio le regarde battre des mains.

Mon père dit que peut-être notre maison a été détruite par les bombes.

Ramiro crache dans ses paumes, les frotte l'une contre l'autre.

De toute façon, je l'aime pas trop, cette maison. Je serai content, si on en a une autre. Toi tu l'aimes, ta maison ?

Ça va, dit Basilio. Enfin, c'est pas vraiment ma maison.

Tous les deux, ils regardent vers la maison où habite Basilio.

En tout cas, elle a pas été bombardée, dit Ramiro.

Si t'as besoin, tu pourras y venir, dit Basilio.

Ramiro se lève d'un coup. Fait mine de dribbler un adversaire avec son ballon.

C'est quoi, le travail que tu dois faire ? il demande.

Je dois finir une peinture.

C'est pour ça que tu veux aller marcher ?

Je dois finir ma peinture là-bas, près du pont de Renteria.

C'est drôle.

C'est un héron. Enfin, je veux dire, une peinture de héron. Je l'ai promise à Celestina.

Un jour, j'aimerais bien que tu m'en fasses un.

Et Ramiro tourne le dos à Basilio. D'un pied adroit, il se met à shooter dans son ballon. Il le fait rebondir contre le mur de la maison de Basilio, prenant peut-être pour poteaux de buts les deux soupiraux brisés.

Un bon quart d'heure plus tard, la voix de son père retentit à une centaine de mètres de là, dans la direction du marché.

Sans saluer Basilio, Ramiro part en courant vers lui, le ballon serré par le bras contre son flanc.

Quand Basilio rejoint le bord de la rivière au pont de Renteria, le jour a commencé de décliner. La brise de mer est tombée et les frondaisons ont cessé de bruire. Les mouettes ont déserté les lieux.

Par intermittence, il y a encore le chant flûté de quelques passereaux, bouvreuils et fauvettes.

Tout est tellement tranquille, ici. C'est ce que se dit Basilio, en progressant à pas lents, d'abord au plus près de la Mundaca, puis sous le couvert des arbres.

Il arrive au marais, en vue de la roselière. Sans la quitter des yeux, il la contourne en s'éloignant de la rivière.

Plusieurs fois, son pied s'enfonce dans la mousse détrempée et il sent le frais de l'eau coulant dans ses souliers.

Il marche à pas minuscules, la tête tournée vers la roselière et gagne le grand aulne. Son matériel de peinture est toujours là, pendu à la branche, à demi dissimulé dans le feuillage.

Il hésite un instant, puis revient en arrière.

Il manque plusieurs fois de trébucher à cause du sol au relief inégal auquel il n'accorde pas suffisamment d'attention.

Il s'accroupit à l'endroit exact où le matin même, il a commencé à peindre.

Il se souvient que les eaux du marais étaient alors tellement scintillantes à l'avant des roseaux qu'on ne se posait même pas la question de leur couleur. À présent, leur teinte violacée, celle des fins de journée, est comme un ultime salut avant le noir. Elle leur donne une lourdeur d'huile.

En face de Basilio, la palissade formée par la roselière est percée de plusieurs brèches. C'est souvent le signe du passage des grands échassiers. Parfois aussi, il est vrai que c'est seulement le fait d'une moindre densité naturelle du végétal.

En tout cas, le regard exercé de Basilio s'engouffre par ces trouées. En les prenant l'une après l'autre, de gauche à droite, il en fouille les espaces disponibles avec application.

Sa première exploration ne donne rien.

Il cligne énergiquement des paupières, plusieurs fois, et recommence à scruter, de la gauche vers la droite, une ouverture après l'autre.

Voyons, mon pépère, il murmure.

Dans ce qui pourrait trahir la présence du héron, il tente d'épier, dans un même temps, les variations de formes et les nuances de couleurs.

Son regard s'attarde au fond d'une trouée.

Il se fige sur une oblique curieuse, rompant avec la verticalité des roseaux. C'est une ligne aux contours peu nets, plongeant vers l'eau depuis une hauteur d'environ cinquante centimètres. Le tressaillement dont elle est agitée par instants est presque imperceptible.

Plusieurs fois, Basilio se frotte les yeux de ses deux poings avant de les écarquiller à nouveau en direction de la roselière et de l'oblique mystérieuse.

Quel idiot, se dit-il au bout d'un moment. T'as bien failli m'avoir, cette fois-ci, hein, mon pépère.

Il observe à nouveau quelques secondes et se le confirme une bonne fois : la ligne oblique n'est pas une patte comme il l'a cru au début, mais bien la partie antérieure d'une aile.

Il se moque de lui-même encore un instant, puis redevient sérieux.

Il se lève, se décale de quelques mètres et cette fois, il peut distinguer la silhouette entière du héron.

Cette posture étrange.

La droiture du cou, bien sûr, et la tête parfaitement immobile. Cet élancement parfait de la partie supérieure du corps. Mais aussi, vers le bas, ce drôle de penchant, cette dissymétrie inhabituelle à cause de l'aile à demi ouverte et s'inclinant jusqu'à l'eau.

Durant plusieurs minutes, Basilio observe le héron.

Et sans doute, le héron observe Basilio, le bec pointant du côté de la rivière.

Une fois, il ramène l'aile affalée presque devant lui comme s'il voulait s'en draper et Basilio peut entendre les clapotis que cela produit. Un instant après, l'aile reprend sa place, retombant jusqu'à l'eau.

Qu'est-ce qui t'arrive, mon vieux, souffle Basilio.

Il le regarde encore un moment et puis il se décide. Il relève son pantalon au-dessus des genoux, s'approche du bord et, souliers aux pieds, il se glisse dans l'eau.

À une trentaine de mètres de là, le héron reste immobile.

Basilio s'avance vers lui, avec douceur, pas après pas sur les fonds tendres. Il se retrouve bientôt à mi-distance du bord et de la roselière. L'eau lui arrive aux cuisses, et il a beau faire, son pantalon est rapidement trempé.

Les tremblements légers du héron se multiplient. Une nouvelle fois, il s'efforce de ramener son aile devant lui.

T'inquiète pas, mon vieux, dit Basilio tranquillement. On se connaît bien toi et moi, tu sais que je vais pas te faire de mal.

Il arrête sa progression lorsqu'il atteint les premiers roseaux et se tient là, embusqué. Le héron est à cinq ou six mètres.

Un long moment, ils restent à s'épier l'un l'autre et après deux ou trois minutes, l'oiseau semble s'apaiser. Les tressaillements cessent, son aile à demi déployée traîne, à nouveau inerte, à la surface des eaux du marais.

Avec cette proximité nouvelle, Basilio éprouve la modification de son regard. C'est comme si l'œil du peintre avait perdu de son acuité et de sa rigueur. Il s'est brouillé sous l'effet de suggestions plus prégnantes, d'une autre nature, à peine perceptibles mais déjà étrangement enveloppantes, froissements d'intimité, petits chahuts moléculaires.

Il a franchi le seuil de la toile, Basilio. Le voilà dans le tableau à son tour. Dans ces conditions, bien sûr, le héron a cessé de se donner en spectacle. Sa facture de chair épaisse et palpitante, soudain évidente aux sens de Basilio, lui a fait quitter le monde des images. Il se tient là, presque à portée de bras tendu ; lui et Basilio partagent ce même endroit du monde.

Si le père Eusebio avait été là, il aurait sûrement fait une belle photographie de nous deux, dit Basilio. Qu'est-ce que tu en dis ?

Et il songe à cette pose qu'ils pourraient prendre, l'un à côté de l'autre, Basilio s'efforçant d'emprunter

travail. Il y a bien là-dedans l'essentiel du héron de ce matin, songe-t-il, sa belle dignité, tout son mystère, et même sa petite vibration de héron bel et bien vivant.

Il se souvient aussi de l'application qu'il a mise à le peindre, de cette conviction qu'il a eue que ce serait de loin le plus réussi de tous ses hérons et que d'ailleurs, c'était la condition pour qu'il consente à le donner à Celestina.

Non, ce qui le trouble, Basilio, c'est que ce héron du matin n'a pas grand-chose à voir avec celui qui vient de disparaître, blessé à l'aile, vers le fond de la roselière. Et s'il avait à peindre le héron meurtri de ce soir, tu parles qu'il ferait tout autre chose.

Tandis que la pénombre de fin de journée tombe sur le marais et que les eaux se mettent à ressembler à de l'encre, Basilio reste perplexe, les pensées confuses, le regard vide posé sur son esquisse.

Il y a cette nuit qui se profile, comme la veille. Et ce monde qui continue à valser, et la lune imperturbable.

Et son corps fatigué et transpercé d'images, et l'infinie procession des choses. Et son corps fatigué, transpercé d'images mais indivisible, venu à bout, vaille que vaille, des heures de cette journée.

Basilio, toujours lui, seulement entaillé d'une journée de plus.

Le héron du matin et celui du soir, eux aussi ne font qu'un.

Cette béance nouvellement apparue à la jonction de l'aile, ce sang répandu, n'y changent rien. Quand bien même ils devraient le mener à la mort.

Un héron est un héron vivant, un héron que les temps bouleversent et un héron promis à la mort.

Le héron du matin et celui du soir.

Tout doit tenir sur la même feuille, dans la même enveloppe de héron.

Basilio saisit son pinceau le plus fin et le trempe dans le gobelet d'étain.

Deux heures s'étaient écoulées.

Basilio était resté face au tableau, bien au milieu, à cinq ou six mètres.

Il ne l'avait pas quitté des yeux.

Des gens étaient passés autour de lui, l'avaient frôlé, un peu bousculé même. Il ne leur avait prêté aucune attention.

Certains, c'est sûr, avaient dû protester contre le carton à dessins posé à plat et occupant toute cette place à côté de lui.

Deux heures s'étaient écoulées et maintenant, dans la vaste salle du pavillon espagnol réservée à *Guernica*, le silence s'était fait.

Excepté Basilio, il n'y avait plus personne.

Les deux hommes se sont approchés sur son côté gauche.

En apercevant Basilio, ils ont marqué le pas, l'un des deux, celui à la casquette, plus nettement que l'autre.

Il a fait volte-face à la recherche – vaine – d'un appariteur.

Je croyais qu'on avait dit de dégager les lieux, a-t-il lancé dans le vide.

Il s'est dirigé vers Basilio.

Jeune homme !

Basilio n'a pas bougé, regard droit devant tendu vers *Guernica*.

Jeune homme ! a répété l'homme à la casquette.

Laissez-le, ça dérange pas, a dit le deuxième homme en entrant dans la salle.

Vous êtes sûr ?

Ça dérange pas.

Les deux hommes se sont immobilisés l'un à côté de l'autre, à gauche de Basilio. Ils ont regardé *Guernica*.

Alors ? a demandé l'homme à la casquette.

L'autre n'a rien dit.

Qu'est-ce que vous en pensez ? il a encore demandé.

Je ne sais pas, a fait le deuxième homme.

Il y a eu un temps de silence.

C'est bien l'espace que vous aviez demandé, a dit l'homme à la casquette.

L'autre s'est tu.

Basilio, toujours immobile.

Une voix de femme, puissante, s'est élevée depuis l'escalier.

Monsieur Picasso ! Monsieur Picasso !

Basilio a tressailli.

Après un instant, le deuxième homme a dit à l'autre : Allez voir, voulez-vous. Et surtout, faites en sorte qu'on me laisse tranquille quelques minutes.

Comptez sur moi, a dit l'homme à la casquette en quittant la salle.

Le silence s'est fait à nouveau et pour la première fois, Basilio a baissé les yeux.

Un bon moment, Basilio et le deuxième homme sont restés parfaitement immobiles, Basilio légèrement devant et assez nettement sur sa droite.

Le regard de Basilio s'est relevé vers le tableau, à peine, avant de se baisser à nouveau.

Après, l'homme s'est déplacé dans son dos, latéralement.

Une fois vers sa droite, puis de retour à sa place initiale.

Et puis, il a fait un ou deux pas vers l'avant et Basilio a deviné sa silhouette aux confins de son champ de vision. Il a remarqué ses pieds s'écartant un peu, comme pour se donner une meilleure assise. Il a imaginé ses bras croisés, le menton prisonnier, peut-être, de l'une de ses paumes.

Basilio a tenté de lever les yeux vers le tableau.

À nouveau, il y a eu cette brûlure à la nuque et il a dû s'en tenir à cette position de pénitent.

L'homme a continué d'avancer, centimètre par centimètre.

Jusqu'à se retrouver là, à côté de Basilio, à se toucher les épaules.

Basilio a éprouvé un embarras curieux, moins causé par la proximité de l'homme que par celle de l'œuvre contemplée ensemble.

D'un coup d'œil furtif, il a aperçu le visage de l'homme absorbé par le spectacle de *Guernica.*

De temps à autre, l'homme a lancé vers Basilio des regards rapides et dépourvus de consistance.

Peu après, il a fixé le carton à dessins de Basilio posé à même le sol. Il a dodeliné de la tête et Basilio a cru voir passer un sourire sur son visage.

Et puis, toujours collé à Basilio comme s'il cherchait lui aussi à occuper cette position centrale en face du tableau, il a continué à explorer la toile.

Au bout d'un moment, Basilio éprouva le confort de ce silence entre eux.

L'homme lui facilitait la tâche, affectant malgré sa proximité une grande indifférence à son égard, visiblement absorbé par des préoccupations supérieures liées au tableau et à sa présentation, ce qu'on pouvait comprendre.

Du coup, Basilio finit par relever la tête et lui aussi, plongea une fois encore le regard dans le tableau.

Il ne distingua qu'à peine les déplacements de l'homme, effectués pourtant juste devant lui, au plus près de l'œuvre, d'un bord à l'autre.

Après quoi, l'homme revint se placer à côté de Basilio et lorsqu'il fut à nouveau immobile, la pointe de ses souliers vernis mordait sur le bord du carton à dessins posé au sol.

À la longue, quelque chose finissait par lui prendre le derrière des yeux, à Basilio, lui imposant par instants de clore les paupières. Et aussi, sa tête s'agitait de tremblements, ténus et incontrôlables.

Ses jambes fléchirent et en un lent mouvement, il s'accroupit. Ses coudes se posèrent sur ses cuisses et ses mains s'empoignèrent l'une l'autre.

Basilio aurait pu mettre son carton à l'écart, ou tout au moins à sa droite pour ne pas gêner l'homme qui se tenait là, juste contre son flanc gauche.

De même, l'homme aurait pu choisir de se tenir de l'autre côté, sur la droite de Basilio et ainsi, ne pas avoir à se soucier de l'espace occupé au sol par le carton de Basilio.

Le carton sur lequel tombait de plus en plus fréquemment le regard de l'homme.

Ce que Basilio, pris dans les tentacules du tableau, l'arrière des yeux mangé par des milliers de fourmis rouges, n'était pas en mesure de remarquer.

Pas plus qu'il ne remarqua le regard de l'homme tourné, depuis le haut, vers lui, vers Basilio.

Puis vers le carton à dessins.

Et puis encore vers lui.

Et puis balayant, par intermittence et à grands traits, l'espace de la toile.

Mais revenant de plus en plus souvent vers le carton.

Et vers l'œil aigu et souffrant de Basilio.

Et Basilio, de sa main gauche, plus précisément, du pouce et de l'index de sa main gauche, attrapa le carton à dessins et se mit à le pincer de toutes ses forces, sans lâcher *Guernica* du regard.

Il vit la pointe des souliers vernis de l'homme qui reculait d'un petit pas.

Il songea au héron.

À sa reculade à lui, dans le lointain de la roselière.

À sa blessure silencieuse.

Au sang écoulé, irisant la surface du marais.

Au sang écoulé et volé par lui, Basilio.

Non pas recueilli.

Volé.

Histoire d'engraisser autrement les poils de martre d'un pinceau et d'inventer au papier de nouvelles arabesques.

Les souliers vernis reculent encore un peu, jusqu'à sortir du champ de vision de Basilio.

D'autres pas se rapprochent.

Alors, Pablo.

C'est la voix de l'homme à la casquette.

Cela vous convient ?

Pas de réponse.

C'est bientôt l'heure maintenant et les gens se pressent dans le hall, dit encore l'homme à la casquette. Nous allons les faire entrer.

Et il se dandine un instant d'un pied sur l'autre.

Bien, alors je pense que nous pouvons y aller, il ajoute.

Et tandis qu'il s'éloigne vers l'escalier, Basilio se dit qu'il serait encore temps.

De dire un mot, même bredouillé. De faire un pas vers lui, de dénouer pour lui les ficelles de son carton à dessins et de lui montrer le *Héron*.

Il lui semblait entendre la bonne voix du père Eusebio, allez, Basilio, fais-le, tu vois bien que c'est le Seigneur en personne qui t'en offre la chance.

Après tout, c'est vrai qu'il était venu pour ça aussi.

Basilio a frotté ses yeux et s'est mis debout.

À pas lents, il est passé devant lui, esquissant peut-être un léger hochement de tête tandis que pour la première fois, le temps d'une seconde à peine, leurs regards se rencontraient.

Après qu'il ait fendu la troupe des gens assemblés dans le hall du bâtiment, il a repris sa valise au vestiaire.

Il a cherché en vain le visage de la femme à la robe longue, se hissant sur la pointe des pieds et tournant plusieurs fois sur lui-même pour tenter de la repérer.

Il a rejoint la sortie.

Sous le soleil généreux, il a redescendu l'esplanade du Trocadéro et gagné les bords de Seine.

Accoudé au parapet du pont, il a respiré à grands traits, couvrant d'un œil vagabond le ballet paisible des péniches et les voltes d'un couple de mouettes.

DU MÊME AUTEUR

Trois-Pommes du ponant
Conte épistolaire
S. Brault de Bournonville, 1999

La Manifestation
récit
Éditions du Petit Véhicule, 2001
La Dragonne, 2006

La Cime du regard
Chantier poétique
La Bartavelle, 2001

Tambour et peignoir incarnat
Éditions du Petit Véhicule, 2001

Des âmes en goguette
(photographies de Jean Choplin)
Éditions du Petit Véhicule, 2002

Radeau
La Fosse aux ours, 2003
et « Points », n° P3116

Léger fracas du monde
La Fosse aux ours, 2005

L'Impasse
La Fosse aux ours, 2006

Cairns, et autres fragments paysagers
pour marcheur en terrain pentu
La Dragonne, 2007

Apnées
La Fosse aux ours, 2009

Cours Nord
Éditions du Rouergue, 2010
et « Points », n° P4744

Debout sur la terre
La Passe du vent, 2012

La Nuit tombée
La Fosse aux ours, 2012
et « Points », n° P3178

Les cargos glissent à l'horizon des rues
Cénomane, 2012

Les Gouffres
La Fosse aux ours, 2014

L'Incendie
(avec Hubert Mingarelli)
La Fosse aux ours, 2015

Une forêt d'arbres creux
La Fosse aux ours, 2015
et « Points », n° P4481

Tectoniques
(dessins et transferts de Corinne Penin)
Le Réalgar, 2016

Quelques jours dans la vie de Tomas Kusar
La Fosse aux ours, 2017

À contre-courant
Paulsen, 2018

RÉALISATION : IGS-CP À L'ISLE-D'ESPAGNAC
IMPRESSION : CPI FRANCE
DÉPÔT LÉGAL : JANVIER 2015. N° 117564-6 (2049462)
IMPRIMÉ EN FRANCE